L. Herzfeld

Drei Abhandelungen zur Synagogengeschichte

Anatiposi

L. Herzfeld

Drei Abhandelungen zur Synagogengeschichte

Unveränderter Nachdruck der Originalausgabe von 1856.

1. Auflage 2023 | ISBN: 978-3-38201-688-3

Anatiposi Verlag ist ein Imprint der Outlook Verlagsgesellschaft mbH.

Verlag: Outlook Verlag GmbH, Zeilweg 44, 60439 Frankfurt, Deutschland
Vertretungsberechtigt: E. Roepke, Zeilweg 44, 60439 Frankfurt, Deutschland
Druck: Books on Demand GmbH, In de Tarpen 42, 22848 Norderstedt, Deutschland

Drei Abhandelungen

zur

Synagogengeschichte.

1) Ueber einige biblische Bücher:
der Kohelet, die Chronik, den Psalter, Sirach und das Buch der Weisheit,
2) Ueber die Entstehung der Quadratschrift.
Mit einer paläographischen Tafel.
3) Ueber die Entstehung des biblischen Kanons.

Dr. L. Herzfeld,

Braunschweigischem Landesrabbiner.

Abdruck aus dessen Geschichte des Volkes Jisrael von Vollendung des zweiten Tempels bis zur Einsetzung des Makabäers Schimon zum hohen Priester und Fürsten.

Nordhausen, 1856.

I.

Ueber einige biblische Bücher.*)

§ 1. Kohelet.

Meine Ansichten über dieses Büchlein finden sich in der Einleitung des 1838 von mir erschienenen Commentars zu ihm zerstreuet, bis auf die in neuerer Zeit bestrittene Autorschaft des Schlomo, über welche ich damals versprach ein anderes Mal mich zu erklären. Wegen dieser Zurückhaltung wurde ich vielfach getadelt, und Andere wieder rügten es, daß ich Schlomo für den Verfasser gehalten hätte, obwohl meine entgegengesetzte Ansicht aus unzähligen Stellen der Einleitung und des Commentars sich abstrahiren ließ. Mein Schweigen kam einfach daher, daß vor 17 Jahren ein jüdischer Geistlicher noch nicht ohne ernste Gefahr die biblische Kritik handhaben konnte. Der damals übergangene Punkt soll jetzt nachgeholt werden. Das Büchlein selbst giebt I, 1. 12 einen Sohn Dawids, König in Jisrael, also Schlomo als seinen Verfasser an, und hieraus hat die übereinstimmende vulgäre Tradition ihren Ursprung erhalten; ihr will nicht die Behauptung Baba-batra 15, a widersprechen, daß König Chiskija und seine Gehülfen Kohelet geschrieben hätten, es ist hierunter bloß eine Schlußredaction zu verstehen. Allein Schlomo, dessen Vater erst Jeruschalem zur Residenz erhoben hatte, konnte nicht 1, 16. 2, 7 sagen: „mehr als alle (Könige), die vor mir in Jeruschalem waren", auch nicht wohl 8, 5. 6 anempfehlen, zum Aufstande gegen einen Tyrannen die Gelegenheit mit Vorsicht abzuwarten, oder 10, 16—19 eine Beschreibung fürstlicher Prasser geben; auch war seiner Zeit das Volk nicht so unglücklich, wie 4, 1. 5, 7 voraussetzt. Vielfach werden gegen die Annahme eines königlichen Verfassers auch noch vorgebracht die Klagen 3, 17 über ungerechte Richter, 4, 1. 5, 7 über Gewalt, 10, 5—7 über unwürdige Besetzung der Ehrenstellen: es ließe sich hiergegen sagen, daß alles dies nicht so gar unschicklich für einen Regenten erscheine, der einmal auf den Standpunkt des Volkslehrers sich gestellt hat, doch hat es neben den übrigen antisalomonischen Argumenten

---

*) Diese Abhandelung bildet den 20. Excurs meiner Geschichte, und ich verfolge

immerhin wieder einiges Gewicht. Ferner die Annahme dereinstiger Rückkehr der Seele zu Gott, zwar 3, 21 noch in Zweifel gezogen, aber doch schon so populär, um in einer Volksschrift besprochen zu werden, und 12, 7 sogar zum Siege gelangt, kann nicht wohl schon Schlomo zugeschrieben werden, da nach ihm keine Spur derselben bis über das Exil herab sich wieder zeigt. Endlich habe ich in dem Commentar S. 13—22 nachgewiesen, daß zwar viele Wörter und Ausdrücke in Kohelet mit Unrecht für jungibräisch oder für chaldäisch erklärt worden seien, aber gleichwohl eine gute Anzahl von beiden sich darin findet. Alle diese Argumente zusammen genügen vollkommen, Schlomo die Abfassung des Büchleins abzusprechen. — Ist aber erst dies geschehen, dann können wir zur Ermittelung seiner Abfassungszeit manche Indicien verwenden, von welchen vorher abgesehen werden mußte. Die Chaldaismen darin würden nicht nöthigen, es tiefer herabzurücken als in die Zeit der chaldäischen Invasionen, allein das Stadium, in welchem in ihm besagtermaßen die Unsterblichkeitslehre erscheint, und seine 11 bis 15 jungibräischen Ausdrücke sprechen für eine Abfassung wenigstens ein Jahrhundert nach dem Exil. Noch etwas jünger erscheint es mir aus folgenden beiden Gründen: 1) wie ich ib. S. 25 nachwies, bedeutet das Wort kohelet einen solchen Redner in Versammlungen, wie die Soferim waren. Es eigens gebildet haben, um es auf Schlomo anzuwenden, konnte der Verfasser nicht, denn für Jenen ist diese Bezeichnung gar nicht passend, sondern es mußte schon vorhanden sein und den Nebenbegriff des Weisheitslehrers erhalten haben, ehe es Schlomo beigelegt werden konnte. Die Soferim traten aber in Judäa erst seit Esra auf, und der Ausdruck kohelot zu ihrer Bezeichnung kann erst etwas später entstanden, die angegebene Umbiegung seines ursprünglichen Sinnes aber erst noch später erfolgt sein. 2) sind auch in den baale asuppot 12, 11 die Soferim nicht zu verkennen. Andererseits erscheint 4, 13—16 der politische Gesichtskreis des Verfassers so (vgl. den Commentar), wie ihn die Herrschaft der Ptolemäer bis zur Mackabäerzeit und der Seleukiden bis fast eben so tief herab nicht boten, wie er aber vollkommen im letzten Jahrhundert des Perserreichs war.

Ich glaube hiernach, daß dieses Büchlein kurz vor Alexander dem Großen geschrieben wurde: in diese Zeit paßt auch trefflich die Furcht 10, 20, daß jeder Stoßseufzer über die Herrschenden Diesen verrathen werden könnte. Freilich stimmt diese Annahme nicht zu der Angabe Abot R. Natan K. 1, Kohelet sei wegen seines verfänglichen Inhaltes unter Clausur gehalten worden, bis die Männer der großen Synagoge es wieder freigegeben hätten: allein diese junge Notiz vermag nicht ein wohlerwogenes Ergebniß der Kritik umzustoßen, und hat auch Schabbat 30, b gegen sich, wo erzählt ist, daß „die Weisen" es hätten dem Volksgebrauche entziehen wollen, aber wieder davon abgestanden wären.

§ 3. Von der Chronik

war schon in meiner früh. Gesch. 297—302 die Rede, doch ist noch Einiges über sie hier nachzuholen. Wir fanden ib. S. 378. 379, daß in 1 Chron. 3, 17—24 die Dawidischen Nachkommen bis zwei Generationen nach Esra herab aufgeführt sind; nicht ganz so tief herab, aber doch in Nechemia's spätere Zeit ist nach ib.

S. 303—305, daß das aramäische Stück Esr. 4, 8—6, 18 lange nach Artarerr s I., der 424 starb, geschrieben sein, der Chronist aber es schon als verstümmeltes Fragment vorgefunden haben muß, als er es in seine Compilation einrückte; endlich wurde ib. S. 398. 411 u. w. gezeigt, daß Einrichtungen, welche erst unter Esra und Nechemja, zum Theil erst in der späteren Zeit des Letzteren getroffen wurden, zur Zeit des Chronisten schon alt genug erschienen, um sie in Dawids Zeit hinauf zu verlegen. Von den Argumenten, welche Zunz S. 31 über die Abfassungszeit der Chronik zusammengestellt hat, wird man hiernach sowie auf Grund vieler anderen in meinen Geschichtswerken zerstreueten Erörterungen eine gute Anzahl verwerfen oder modificiren müssen, und wenn man die dann noch stichhaltigen oder berichtigten mit den soeben von mir aufgestellten zusammenfaßt, vielmehr den terminus a quo auf 260 v. Chr. herabzurücken haben. Was er sagt, um einen terminus ad quem zu gewinnen, ist sorgfältiger ausgewählt, doch kann er bis 200 v. Chr. herabreichen.

§ 3. Von den Psalmen

wurden früh. Gesch. 294 nur wenige Worte gesagt. Hier will ich ausführlicher auf sie zurückkommen und, um nicht zu zerreißen, was auf das Engste zusammenhängt, gleich Einiges einweben, was eigentlich in den Ercurs über die Entstehung des biblischen Kanons gehört.

Die LXX schreiben den „dawidischen" Psalm 138 sowie die anonymen 146— 149 dem Chaggaj und Secharchja zu (bei den LXX sind es der 137. und der 145.— 148. Psalm); ferner der codex Alex. derselben den 137. (136.), sowie dieser Codex, die Aldina und Complutensis den 139. (138.) dem Secharja; endlich sagt Pseudo-Epiphanius de vita prophetarum K. 20, Chaggaj habe in dem wiedererrichteten Tempel zuerst mit Halleluja und Amen psalmodirt. Solchen Angaben ist natürlich nicht der geringste Werth beizulegen, ein großer auch nicht der Angabe im Midrasch zum hohen Liede 23, b und im Midrasch Cohelet 103, d, daß Esra Psalmen verfertigt habe: werden doch daneben auch Adam und Abraham unter die Psalmendichter gestellt! Es läßt sich bekanntlich selbst den biblischen Angaben dieser Art nur ein sehr geringes Vertrauen schenken, und wir sind, um die nacherilischen Psalmen zu erkennen, fast ganz auf eigene Kritik und, wo es dieser an klaren Argumenten fehlt, auf ein kritisches Gefühl hingewiesen.

Man hat diejenigen Psalmen für jung erklärt, welche eine alphabetische Anordnung haben, doch geschah dies nicht aus Spielerei, sondern um dem Gedächtnisse zu Hilfe zu kommen, was auch schon vor dem Exil wünschenswerth erscheinen mußte und wenigstens schon in den Klageliedern des Jirmeja vorkommt. Eher ließe sich deshalb vermuthen, daß die alphabetischen Psalmen zum Tempelgesange bestimmt waren, da diesen die Lewiten wohl auswendig vortrugen. Daß man schon vor dem Exil Psalmen hatte, welche mit hallelu, hodu und ähnlichen Aufforderungen anfingen, zeigt Jes. 12, 4. Jirm. 31, 7. 33, 11, wenn 1 Chron. 16, 8. 41. 2 Chron. 7, 3. 6. 20, 21 unbeachtet bleiben soll. Auch Psalm 120—134 brauchen nicht wegen ihrer Bezeichnung als „Stufengesänge" so jung zu sein wie die Ceremonie, aus welcher diese Bezeichnung geflossen zu sein scheint, da letztere offenbar erst später ihnen vorgesetzt

gen Israels als arm, dürftig, geplagt, gefesselt, zerschlagen, fromm, oder der he
nischen Völker, welche es drückten, als Uebelthäter, Bösewichter, Gewaltthätige, Tr
lose vorkommen, weil erst seit der babylonischen Zeit und später immer mehr Israe
sich habe fühlen lernen als ein frommes, von übermüthigen Heiden geknechte
Volk. In dieser Regel liegt schon mehr Wahres, doch ist sie nicht untrüglich, de
theils hatten einzelne Fromme schon viel früher eine solche Anschauung, theils könn
und müssen jene Ausdrücke nicht selten auf die traurige Lage der vereinzelten Je
wehdiener inmitten ihres heidnisch gesinnten Volkes bezogen werden, wie denn Ps
men dieser Art, sobald sie nur sonstige Zeichen der Jugend an sich tragen, mit grö
rem Fug in die Zeit der eingedrungenen Gräkomanie zu setzen sind. Entschiedene
Zeichen der Jugend sind dagegen die Hochstellung der Tora, Ahnungen von Unste
lichkeit und junge Wortformen, besonders aber Beziehungen auf das Exil und
die Rückkehr aus demselben oder auf noch spätere Dinge.

Fußend auf diesen Kriterien, und andererseits mich nicht beirren lassend von
unwahren Annahme der Schließung des Kanons vor der Maccabäerzeit, halte ich erste
Ps. 129 entschieden für nacherilisch, doch ohne seine Abfassungszeit näher zu bestimme
dasselbe gilt von Psalm 106, da gar kein Grund vorhanden ist, B. 47. 48 d
Dichter abzusprechen, ihre Identität mit 1 Chron. 16, 35. 36 vielmehr dafür spri
und die Aufforderung B. 48 an das Volk, „amen halleluja" zu sagen, ihn in r
Exil selbst zu setzen widerräth; ferner glaube ich, daß Ps. 85. 102. 126 und 147 kurz n
dem Exil geschrieben sind; Ps. 137 gehört in dieselbe Zeit, vielleicht in den Zeitpunkt,
Babylon durch Darius Hystaspis erobert wurde; auch Ps. 44 ist offenbar nacherili
und zwar nach der Erörterung in meiner späteren Gesch. I. Amkg. 13 aus der Zeit z
schen Esra's und Nechemja's Ankunft*); nicht minder Psalm 49 und 73 wegen der
ihnen (vgl. ib. II. Amkg. 46, 3) schon so ausgebildeten Unsterblichkeitslehre; Ps. 1
ist wegen B. 2. 3 jedenfalls nacherilisch, wegen B. 32 gehört er wohl in jene spät
Zeit, als schon „die große Synagoge" Ehrenplätze im Tempel erhalten hatte (v
den 12. Excurs § 8); Ps. 119 gehört offenbar in die Zeit der Soferim; daß P
74 in die Zeit des Antiochus Epiphanes gehört, wurde von mir I. Amkg. 9 gezei
daß Ps. 118 auf den Maccabäer Jonatan verfaßt wurde, hat wegen seines Temp
gebrauches noch ein ferneres Interesse für uns, und ich will es deshalb unten

---

*) Ps. 45 hat man für ein Lied auf die Hochzeit eines persischen Königs geh
ten, allein es ist unglaublich, daß die Korchiten einem Solchen ein israïsches C
men gedichtet oder in B. 7 einen Thron Gottes zugeschrieben hätten.
**) Ps. 118 ist wegen B. 24 für einen bestimmten festlichen Tag geschrieb
der nach B. 27 wohl ein Festtag gewesen ist, und zwar nach Abwendung gro
Leiden (B. 5. 18), nachdem Israel von vielen feindlichen Völkerschaften umschwär
gewesen war (B. 10—12), die es stürzen wollten (B. 13), und von denen G
es auf wunderbare Weise erlöst hätte (B. 23), jedoch ohne daß eines unmittelb
vorher über sie erfochtenen Sieges Erwähnung geschieht. der Dichter hofft bloß zuv
sichtlich (B. 10—12), daß er sie vertilgen werde, und spricht (B. 15) von dem Jul
in den Zelten der Gerechten, als hätte nicht das ganze Volk sich über die fröhli
Wendung gefreuet, diese aber muß derart gewesen sein, daß er B. 22 sagen konn
der Stein, den die Bauenden verwarfen, ist zum Eckstein geworden. Diese geschic
lichen Andeutungen passen, zusammengefaßt, auf keinen einzigen anderen Ze
punkt in Israels Geschichte als auf jenen Tag des Laubhüttenfestes, an welche
nach 1 Macc. 10. 21 Jonatan das hohenpriesterliche Amt übernahm, indem dama

ausführlich nachweisen; endlich daß Psalm 149 in die makkabäische Zeit gehört, werde ich II. § 48 zeigen. Das wahrscheinliche Alter von vielen anderen wird sich uns ergeben, wenn ich meine Ansicht von dem Zustandekommen unserer ganzen Psalmensammlung mitgetheilt habe.

§ 4.

Ich habe früh. Gesch. 294 Pf. 61 und 69 für entschieden exilisch erklären müssen, ebendafür erkläre ich Pf. 22 und Pf. 14 oder doch dessen 7. Vers: das nöthigt zu der Annahme, daß nicht bloß die Sammlung bis Pf. 72, sondern selbst die bis Pf. 41 erst nach dem Exil zu Stande gekommen ist, denn richtig sagt Vatke, es sei gewiß keine natürliche Annahme, daß man in späterer Zeit einzelne jüngere Psalmen mitten unter ältere eingeschoben habe. Nun aber ist (von dem noch besonders zu besprechenden Pf. 1 abgesehen) Pf. 2 anonym, Pf. 3—32 dem Dawid zugeschrieben, denn daß der jetzt anonyme Pf. 10 einst noch zum vorhergehenden gehörte, zeigen die durch beide fortlaufenden Spuren des Alphabets und die LXX; hierauf Pf. 33 anonym, Pf. 34—41 dem Dawid zugeschrieben; nunmehr Pf. 42—49 den Söhnen Korachs, denn wiederum gehört der jetzt anonyme Pf. 43 zum vorhergehenden, wie die Wiederholung von 43, 2 aus 42, 10 und der gleiche Refrain 42, 6. 12. 43, 5 zeigen*), und Pf. 50 dem Asaf; dann ist Pf. 51—65 dem Dawid zugeschrieben, Pf. 66 und 67 anonym, Pf. 68—70 dem Dawid, Pf. 71 anonym, Pf. 72 scheinbar dem Schlomo. In der Zuschreibung richtete man sich wohl nach den an ihrer Spitze gefundenen Namen, denn man war ja so gewissenhaft, die anonym gefundenen so zu belassen, obwohl man Pf. 2. 33. 66. 67. 71. 72 für dawidisch hielt und darum unter die dawidischen stellte; die Ueberschrift ll-Schlomo des 72. sah man wohl, nicht ohne alle Berechtigung, für eine Widmung an. Pf. 2—72 enthalten also

Jonatan plötzlich, als Alexander den Demetrius mit Krieg überzog, zuerst von Diesem viele Zugeständnisse erhielt, um für sich ihn zu gewinnen, darauf aber auch von Alexander mit dem Purpur beschenkt und zum hohen Priester erhoben wurde, um vielmehr auf seine Seite ihn zu ziehen. Es wäre wohl möglich, daß die Worte: „besser ist auf Gott vertrauen als vertrauen auf Fürsten" (V. 9) Jonatan ermahnen wollten, keinem von Beiden Vertrauen zu schenken; und daß in diesem Psalm die Redenden wechseln, ist allgemein anerkannt, wie sehr aber würden in dem Munde des zum ersten Male im hohenpriesterlichen Ornat Heranziehenden die Worte V. 19 passen: „öffnet mir die Pforten der Gerechtigkeit, daß ich einziehe und Jahweh danke"! wie sehr desgleichen die Antwort V. 26: „gesegnet sei der da kommt im Namen des Jahweh"! Bei den Worten 2 Chron. 7, 6: „und die Lewiten standen, ... um Jahweh zu danken, daß ewig währt seine Gnade, in dem Hallel des Dawid in ihrer Hand" ist umsoweniger an Pf. 118 zu denken, als dieser nicht einmal durch eine Ueberschrift dem Dawid zugelegt wird; und der Chronist konnte diese Formel erwähnen, da sie schon Jrm. 33, 11. Esr. 3, 11 vorkommt. Uebrigens bezogen schon Venema und Rosenmüller diesen Pf. 118 auf die makkabäische Zeit.

*) Durch Zusammenziehung von Pf. 10 mit 9 und von 43 mit 42 würde unsere Sammlung auf 148 zusammenschmelzen. Daß aber Taanit jer. 2, 2. Berachot 9, b der 1. Psalm mit dem 2. zusammengezählt wird, darf man schwerlich hinzunehmen, um sich die Notiz Schabbat jer. 16, 1 zu erklären, daß man 147 Psalmen habe, denn Taanit jer. 2, 2 wird erst unser 20, für den 19., Berachot 9, b gar erst unser 104.

Pfalmen von David, den Söhnen Korachs, Asaf und wieder von David; und daß von ihnen die zweite davidische Reihe ein Nachtrag ist, wird Niemand bezweifeln, desgleichen nicht, daß ihr Sammler auch Pf. 42—50 schon an ihrem heutigen Platze gefunden hat, denn sonst hätte er sicherlich seine davidische Nachlese an die erste davidische Reihe unmittelbar angefügt. Nun ersehen wir aus 2 Macc. 2, 13, dessen Glaubwürdigkeit im 22. Ercurs § 2 gezeigt werden soll, daß Nechemja nebst anderen biblischen Schriften τὰ τοῦ Δαυίδ gesammelt hat. Beziehen wir das auf den Nachtrag Pf. 50—72, so möchten wohl Pf. 2—50 nur von Esra zusammengestellt sein können; diese Annahme wird aber etwas schwierig dadurch, daß wie gesagt Pf. 44 aus der Zeit zwischen Esra's und Nechemja's Ankunft sowie Pf. 49 wegen der Unsterblichkeitslehre in ihm schwerlich älter ist, und zudem hätte Esra neben den Pfalmen gewiß auch die Propheten gesammelt, während die Sage nicht bloß hiervon schweigt, sondern auch dies erst dem Nechemja zuschreibt. Man thut daher gewiß besser, erst Letzterem die Sammlung von Pf. 2—50*) zuzuschreiben. Nun aber ist 1 Chron. 16, 8—36 aus Pf. 105, 1—15. Pf. 96. 118, 1 und 106, 47. 48 zusammengestellt, und wir werden im 24. Ercurs § 15 sehen, daß der Chronist, um 200 v. Chr., diese Zusammenstellung nicht selbst getroffen, sondern dem damaligen Tempelgebrauche entlehnt hat: dies nöthigt zu der Annahme, daß die Pfalmen wenigstens bis Pf. 106 **) um das Jahr 300 schon aufgenommen waren, die von Pf. 51—72 auf einmal (wegen 72, 20), ebenso wohl auf einmal Pf. 73—85, und die von Pf. 86—106 theils einzeln theils in Häufchen. Man erwäge hierbei auch, daß schon 1 Macc. 7, 17 aus Pf. 79, 2. 3 citirt ist. Ebenso theils einzeln theils in Häufchen wurden später Pf. 107—149 angehängt, jedenfalls vor 100 v. Chr., denn Philo citirt I. 555 schon Pf. 115, 17 aus der LXX. Inzwischen waren aber Jahrhunderte vergangen, daß man keinen Pfalm von „Asaf" und von „den Söhnen Korachs" aufgenommen hatte. Es fungirten aber, wie früh. Gesch. 410—416 gezeigt wurde, Nachkommen des Asaf und Korchiten während des ganzen zweiten Tempels als levitische Musiker, und ohne Zweifel dichteten sie auch Pfalmen, setzten ihnen aber in späterer Zeit nicht mehr wie früher die alten Namen „von Asaf", „von den Söhnen des Korach" vor, wohl aus Bescheidenheit; und als man daher den maccabäischen Pf. 74 ausnahmsweise „von Asaf" überschrieben fand, setzte man ihn noch zwischen die asafitischen: diese Annahme streitet mit der zuvor gebilligten Ansicht von Batke, allein wir haben eben gesehen, warum ausnahmsweise Pf. 74 zwischen ältere Pfalmen eingeschoben werden konnte, und bei der evidenten Jugend dieses Pfalms sehe ich keinen anderen Ausweg zur Erklärung seiner Stelle. — Obwohl nun aber einzelne von den spät aufgenommenen Pfalmen alt sind, so ist doch anzunehmen, daß immer weniger alte Pfalmen den sich folgenden Nachlesen entgingen, und daher schon in Pf. 51—106 viele jünger als Nechemja, in Pf. 107—150 aber die meisten noch jünger sind. Daß in den hiernach meistens jungen 60 Pfalmen von Pf. 91 an sich 42 anonyme befinden, rührt wohl daher, daß den Soferim die Aufbewahrung eines jungen Namens werthlos erschien.

---

*) In keinem der beiden Fälle kann der der ältesten Sammlung angehörige Pf. 14 „die Griechlinge" geißeln, wie Frankel meint, freilich ohne allen Grund.

§ 5.

Im Bisherigen wurde von den Ueberschriften, welche Anderes als die Verfasser angeben, und von der Eintheilung der Pfalmen in Bücher ganz abgesehen: wir müssen über sie hier noch ein Wort sagen. Die Ueberschriften scheinen sehr verschiedenen Altern anzugehören. Die historischen Deutungen darunter sind wohl älter, wenigstens aber nicht jünger als die jeweilige Aufnahme in den Kanon, und scheinen größtentheils von Denselben herzurühren, welche die Autornamen vorsetzten; es ist nicht gut denkbar, daß Jemand sich erdreistet habe, den in den Kanon bereits aufgenommenen Pfalmen Conjecturen vorzusetzen, und daß in der LXX dies gewagt wurde, ist denn doch etwas ganz Anderes. Dagegen mögen von den Ueberschriften, welche die Bortragsweise des Pfalms im Tempel betrafen, viele nach ihrer Aufnahme erst aus dem Tempelgebrauch hinzugefügt worden sein; zum Beweise kann die Ueberschrift des 30. dienen, die in B. 1 erwähnte Tempeleinweihung kann keine andere gewesen sein als die unter Jehuda Mackabäus, da der Inhalt des Pfalms zu den Einweihungen unter Schlomo, unter Serubabel, unter Herodes nicht im Mindesten, dagegen zu der mackabäischen vollkommen paßt, und doch sahen wir zuvor, daß die partielle Sammlung, der er angehört, schon einige Jahrhunderte früher zu Stande gekommen war. — Die Eintheilung der Pfalmen in 5 Bücher geschah nach Zunz schon vor dem Chronisten, weil Dieser 1, 16, 35. 36 die Dorologie unseres vierten Buches (Pf. 106, 47. 48) abgeschrieben habe. Allein Pf. 106, 47. 48 ist gar keine angehängte Dorologie, sondern Eigenthum des Pfalmisten, wie wollte man sich sonst die Schlußaufforderung: „und das ganze Bolk sage amen halleluja!" erklären? soll etwa der Eintheilende sie seinen Lesern zugerufen haben? ihre theilweise Aehnlichkeit mit den Schlüssen der drei ersten Bücher hat einen anderen Grund, wie wir sogleich sehen werden. Ich glaube vielmehr, daß Pf. 72, 18. 19 eine Dorologie aus der Feder des zweiten Sammlers ist, um die Sammlung 2—72 abzuschließen, dagegen nach dem Schlusse der ganzen Sammlung Jemand diese, analog dem Pentateuch, in 5 Theile eingetheilt, und zu diesem Zwecke den neugewonnenen Theilen eine Dorologie angehängt hat. Den ersten Einschnitt machte er nach Pf. 41, weil von Pf. 42 an zuerst andere Verfasser als Dawid genannt sind; der Einschnitt nach Pf. 72 war schon gegeben durch seine Schlußformel; den britten Abschnitt nahm er vor Pf. 90 an, vermuthlich in der Meinung, mit diesem dem Moscheh zugeschriebenen und also ältesten Pfalm beginne eine andere Sammlung; den vierten Einschnitt machte er hinter Pf. 106, weil dieser schon einen boxologischen Schluß hatte: eine starke Stütze dieser ganzen Auffassung ist, daß die von mir für älter erklärten Schlüsse von Pf. 72 und Pf. 106 umfangsreich und von einander verschieden, dagegen die von mir für jünger erklärten Schlüsse von Pf. 41 und Pf. 89 ganz kurz und mit 106, 48 verwandt sind. Der 5. Theil erhielt einen anderen Schluß, der kleine eigenthümliche Pfalm 150 ist wohl als Abschluß des ganzen Pfalters hinzugedichtet worden.

§ 6. Von Pseudo-Esra

war schon frühere Gesch. 320—323 die Rede, hier will ich nur Weniges nachholen. Daß diese Compilation später entstanden ist als die des Chronisten, entstanden zu sein, als in Verbindung mit der Chronik unser Esra und Nechemja kanonisches Ansehen erlangten, denn sonst hätte wohl Niemand gewagt, Stücke aus diesen so kühn umzustellen. In diesem Ansehen standen aber unser Esra und Nechemja zufolge der Aufzählung contra Ap. 1, 8 schon lange vor Josephus, sodaß hiernach Pseudo-Esra innerhalb der letzten 230 Jahre v. Chr. muß zusammengestellt worden sein. Das neue Stück 3, 1—5, 3 möchte ich aber, nach reiflicher Ueberlegung, nicht aus der Feder des Compilators geflossen sein lassen: bis 4, 46 ist es zu frisch und zu schwunghaft für Einen, der im Stande war, so viele andere Kapitel ohne Hinzufügung eines Buchstaben von Anderen abzuschreiben; auch hat ja Derselbe jedenfalls noch andere Quellen als die große chronistische Compilation vor sich gehabt, denn ich zeigte in der früh. Gesch. 322, daß 5, 4—6 nicht von ihm herrühren könne, und die vielen Abweichungen seiner Aufzählung 5, 7—45 von Esr. 2, 1—69 und von Nech. 7, 6—72 sind, wie meine Zusammenstellung ib. S. 466—469 klar gemacht haben muß, unmöglich alle für später entstandene Varianten zu halten, sondern nothwendig aus seiner Benutzung eines abweichenden Verzeichnisses zu erklären. Offenbar beabsichtigte der Compilator, die nacherilische Geschichte in vermeintlich besserer Ordnung und vollständiger darzustellen, als es vom Chronisten geschehen sei; und halte ich diese Absicht mit der abweichenden Richtung zusammen, welche seit den Maccabäern die Geister nahmen und der literarischen Thätigkeit anwiesen, so vermuthe ich, daß diese Compilation noch vor den Maccabäerkriegen zu Stande kam; in keinem Falle braucht der Schreiber von 3, 2. 9 schon Eßr. 1, 1 und Dan. 6, 2 vor sich gehabt zu haben.

Hinsichtlich des erwähnten neuen Stückes habe ich noch zu bemerken: Schon ziemlich früh war in Einigen die Meinung, daß Serubabel erst im 2. Jahre des Darius nach Judäa gekommen sei, auf die in der früh. Gesch. 321 angegebene Weise entstanden und dadurch verstärkt worden, daß man die 70 Jahre des Exils erst in jenem Jahre abgelaufen fand, vgl. Sech. 1, 7. 12. Diese Meinung kann Veranlassung zu einer Sage gegeben haben, welche Jemand aufgriff und künstlerisch darstellte, wie es mit anderen Sagen im Buche Daniel geschah; Derselbe kann aber auch auf Grundlage jener Meinung ganz frei gedichtet und bloß in dem, was jetzt 4, 47—56 bildet, einige wenn auch getrübte geschichtliche Nachrichten benutzt haben. Ob er bloß 3, 1—5, 3 geschrieben habe, oder ob dieses Stück aus einer weiter reichenden Darstellung von unserem Compilator herausgehoben worden sei, läßt sich nicht entscheiden, doch halte ich das Erstere für glaublicher.

§ 7. Sirach.

Der griechische Uebersetzer dieses Buches erzählt in einem Vorworte, daß sein Großvater Jesus es in hebräischer Sprache abgefaßt, er selbst aber, nachdem er „im 38. Jahre ἐπὶ τοῦ Εὐεργέτου βασιλέως" nach Aegypten gekommen sei, dasselbe ins Griechische übertragen habe. 50, 27 nennt der Verfasser sich selbst Jesus Sohn des Seirach aus Jerusalem. Unter jenem Euergetes kann nun nicht der Sohn des Philadelphus verstanden werden, denn Dieser regierte nur 25 Jahr. Auch haben Diejenigen Unrecht, welche „im 38. Jahre" wegen des darauffolgenden ἐπὶ auf und als so gebraucht findet sich auch in den LXX zu Chag. 1, 1. Sech. 1, 1. 7. Vielmehr ist Physkon gemeint, der sich ebenfalls Euergetes nennen ließ: er bestieg im Winter 170 auf 169 v. Chr. den Thron seines Bruders, regierte von dem Winter darauf bis 162 mit ihm gemeinschaftlich und, als er dann ihn verdrängte, noch eine Zeitlang allein, worauf er dem Philometor weichen mußte; als Dieser 145 starb und Physkon den Thron von Aegypten wiedererhielt, ließ er vielleicht alle 24 Jahre von 169 an bis dahin, wenigstens aber die 10 Jahr ungefähr, während welcher er wirklich Aegypten schon beherrscht hatte, bei Angabe seiner Regierungsjahre mitzählen, sodaß sein 38. Jahr 132 oder 118 v. Chr. war. Der Großvater des damals nach Aegypten Gekommenen mochte 50 Jahr früher geblühet haben, also noch vor den syrischen Verfolgungen, welche auch dem Buche einen ganz anderen Charakter aufgedrückt haben müßten, als es wirklich besitzt. Hiermit stimmt gut überein, daß er nach dem 169. Fragmente des Dio Cassius unter Ptolemäus Epiphanes gelehrt haben soll, welcher von 205 bis 181 v. Chr. regierte. Auch seine feurige Lobrede K. 50 auf Schimon den Gerechten, welcher 198 starb, zeigt ganz die Sprache eines Ehrerbietigen, der Jenen noch gekannt hat. 2, 12—14 und K. 38 lassen sich hinreichend aus den Leiden der Juden durch Philopator, Skopas und unter Seleukus Philopator, sowie die Worte 42, 2: „schäme dich nicht des Gesetzes des Höchsten und des Bundes" aus dem schon vor Jason stattgefundenen Gräcisiren erklären, für den Hinblick auf die Bekehrungsmaßregeln des Antiochus Epiphanes sind sie viel zu matt; auch kann nicht 10, 8—10 auf die eingelaufene Nachricht von Antiochus Epiphanes' Tode gehen, denn dieser war gar nicht so, wie 2 Macc. 9 berichtet ist, vgl. meine spätere Geschichte I. S. 280. Daß nach Nasir jer. 5, 3 schon Schimon ben Schatach den Ben-Sira citirt, würde hiernach zwar sehr gut möglich gewesen sein: gleichwohl ist viel wahrscheinlicher, daß ihm von Späteren das Citat in den Mund gelegt ist. — Die Angabe des Chronicon paschale, Jesus Sirach sei unter Schimon I aufgetreten, also vor 287, ist daher unrichtig. Und daß Luther in seiner Vorrede zum Sirach meint, Jesus Sirach sei ein Nachkomme Dawids und zwar ein Neffe oder Enkel jenes Amos Syrach gewesen, welchen das breviarium Philonis als viertletzten dawidischen Nássi nach dem Exil (ungefähr von 281—267 v. Chr.) aufführt, hierauf ist nicht das Geringste zu geben, denn eine solche Abkunft würde er 50, 27 nicht verschwiegen haben. Dasselbe Argument lehrt, mit welchem Unrecht Synkellos p. 276 ihn für einen hohen Priester ausgiebt; daß er ihn vermuthlich mit Jason identificirt hat, wurde im 11. Excurs § 7 gezeigt.

Noch erwähne ich hier, daß Maimonides in der Vorrede zu Seder-seraïm und Juchsin den hohen Priester Elasar ben Charsum in das Zeitalter des Antigonus aus Socho setzen, dessen Blüthe wir von 198 v. Chr. bis zu den syrischen Verfolgungen anzunehmen haben: ich weiß nicht, woher sie diese Angabe genommen oder abstrahirt haben, zumal da er Joma 9, a. 35, b. ib. jer. 3, 6. Tosifta Joma K. 1 nach Jischmael ben Fabi aufgeführt ist, und auch der in allen diesen Stellen ihm beigelegte Rabbititel in eine viel spätere Zeit weist; aber mir hat sich über ihn eine seltsame Vermuthung aufgedrungen. Bis zu Herodes herab sind uns sämmtliche hohe Priester der Reihe nach bekannt, dieser Zeit kann er also nicht angehört haben. Joma 35, b aber erscheint er beinahe wie eine mythische Gestalt, und hätte er von dem nur einen kleinen Theil besessen und der Zeit von Herodes an angehört, so hätte der über die hohen Priester dieses letzten Jahrhunderts so unterrichtete und ausführliche Josephus ihn erwähnen müssen, thut es aber nicht. Er scheint hiernach der Sage stark anzugehören. Ferner erwäge man, daß (außer Echa-rabbati 71, a, wo zu den „10 Märtyrern" R. Tarfon gezählt, von Anderen aber für ihn R. Elasar Charsena genannt ist, wofür wir wohl Charsum zu lesen haben) Charsum bloß Semachot R. 9 als Name eines Mannes vorkommt, und zwar der in einer Zeit der Verfolgung gelebt habe, dieser Name aber im Syrischen „Rachen, aufgesperrten Mund" bedeutet. Sollte nicht daher Elasar ben Charsum ursprünglich jener 2 Macc. 6, 18 u. w. erwähnte Märtyrer Elasar sein, welchem der Mund gewaltsam aufgerissen wurde, um Schweinefleisch zu verschlucken? er wird dort Einer der πρωτευόντων γραμματέων sowie de Maccab. § 5 τὸ γένος ἱερεὺς, τὴν ἐπιστήμην νομικὸς genannt, was auch mit der Sage von seinem großen Wissen einen Vergleichungspunkt bietet; und die Beiden angewiesene Zeit ist genau dieselbe. Ich erwähne dies aber hier aus folgendem Grunde: Sir. 50, 27, wo der Verfasser dieses Buches sich selbst nennt, hat zwischen den Worten Σειρὰχ Ἱεροσολυμίτης die Aldina noch Ἐλεαζάρου und der codex Alex. Ἐλεάζαρ ὁ, was wohl aus Ἐλεαζάρου corrumpirt ist; man wird es wahrscheinlicher finden, daß dieser Name in Folge einer Sage in einige Codices eingeschoben, als daß er ohne Grund oder zufällig in allen übrigen ausgelassen worden sei. Könnten nun nicht, so gut wie den Verfasser unseres Buches Syncellus vermuthlich mit dem hohen Priester Jason identificirt, ein Anderer wegen des Namens Sirach für einen Neffen oder Enkel des davidischen Amos Sprach erklärt hat, wieder Andere dessen Vater wegen seines ganz ungewöhnlichen Namens Seirach mit dem der Sage anheimgefallenen Elasar ben Charsum combinirt haben, da Charsum wie ein Transpositum von Sirach aussieht, Beide aber genau in dieselbe Zeit versetzt wurden? Ἐλεαζάρου wäre in diesem Falle interpolirt.

Daß Sirach wirklich ibräisch geschrieben war, nicht aramäisch, zeigen die zahlreichen Verse daraus, welche noch in unserer patristischen Literatur sich finden, vgl. Zunz S. 102—104, ferner die Zusammenstellung 43, 8 von jerach und jareach, die nur aus ירח erklärliche Setzung 23, 14 von γὰρ für ἔν, vielleicht auch eine Vertauschung 24, 27 von יאר mit אור, und daß nach Hieronymus in seiner Vorrede zu den Büchern Salomonis versichert, es ibräisch gesehen zu haben.

§ 8. Das Buch der Weisheit

endlich ist in Aegypten geschrieben, hiefür spricht 1) seine fließende griechische Sprache, welche nirgend etwas Uebersetzungsartiges und nicht mehr Ibraismen enthält, als jeder alexandrinische Jude einfließen lassen konnte; 2) daß sein Verfasser in solchem Maße bekannt mit Plato ist, wie wir in II. § 71 finden werden; 3) die Hindeutung 13, 14, 15, 18 auf Anbetung von Thieren. Auch der irrige Glauben 10, 7, daß an den Ufern des todten Meeres Bäume wüchsen, deren Früchte nicht reif würden, setzt einen Ausländer voraus. Ehe nun die Juden in Alexandrien so fließend griechisch schreiben und die dortige Bildung sich soweit aneignen konnten, um

— 13 —

gehen, und wir gewännen daraus zum terminus a quo für die Abfassung dieses Buches etwa 200 v. Chr. Den Ausdruck 14, 16: „und auf Befehl von Tyrannen wurden geschnitzte Bilder verehrt" kann Niemand, der den Zusammenhang beachtet, auf ein bestimmtes geschichtliches Factum, wie das von Philopator berichtete oder das Epiphaneische, beziehen. Von Feinden Israels ist darin nur ein einziges Mal (15, 14), und auch da beiläufig und ganz flüchtig die Rede: wegen dieses sanften, ungereizten Tones, der das Buch charakterisirt, kann es während der syrischen Verfolgungen und Angriffe sowie nachdem unter Caligula die Angriffe auf die alexandrinischen Juden begonnen hatten, schwerlich geschrieben sein, und daß es nicht nach der Zerstörung Jeruschalems abgefaßt ist, beweist auch wohl die Art, in welcher 3, 14 des Tempels gedacht ist. Fernere Indicien seiner Abfassungszeit habe ich nicht auffinden können, und bei der Unzulänglichkeit der mitgetheilten bedauere ich dies umsomehr, als grade dieses Buch für die Religionsgeschichte von so großem Interesse ist. Wenn indessen ein rein subjectives Gefühl obige Argumente ergänzen darf, so bekenne ich, daß jedes neue Durchlesen des anziehenden Buches mich mehr in der Ansicht bestärkt hat, daß ein ägyptischer Jude, der aber in seiner Jugend paläftinische Lehrer gehört hatte (denn die in Menge eingewebten Midraschim haben vielfach einen paläftinischen Zuschnitt), es im letzten Jahrhundert der Ptolemäer geschrieben hat.

II.

Ueber die Entstehung der Quadratschrift.*)

§ 1.

Meiner Gewohnheit gemäß stelle ich zuvörderst die alten Notizen zusammen, welche bei dieser Untersuchung in Betracht kommen müssen. Nach Tosifta Synedrin c. 4. Synedrin 22, a. Megilla jer. 1, 9 hieße unsere Schrift aschurit, weil sie von den Exulanten aus Assyrien heraufgebracht worden sei; aus dieser Ansicht scheint die Angabe Sebachim 62, a geflossen zu sein, daß einer der drei mit aus dem Exil gekommenen Propheten es für zulässig erklärt habe, die Tora aschurit zu schreiben: man dachte hierbei vermuthlich an Malachi, den Einige mit Esra identifizirten, denn wir werden sogleich sehen, daß besonders Esra vielfach mit der „assyrischen" Schrift in Verbindung gesetzt wurde. Ferner lesen wir in der ersten und dritten jener Stellen, durch Esra sei „Schrift und Sprache" der Tora gegeben worden, was Synedrin 21, b dahin umschrieben ist, daß die Tora ursprünglich in ibräischer Schrift und heiliger (ibräischer) Sprache, in Esra's Tagen aber in assyrischer Schrift und aramäischer Sprache**) gegeben worden sei, worauf Israel für sich die assyrische

---

*) 21. Excurs meiner Geschichte.
**) wahrscheinlich bezieht sich das auf eine vermeintliche Naherklärung derselben

Schrift und die heilige Sprache gewählt, die ibräische Schrift und die aramäische Sprache aber den Idioten überlassen habe; Rab Chisda fügte hinzu, die Idioten seien die Cuttäer, und die ibräische Schrift die der כריכול*). Die Behauptung Megilla jer. 1, 9. Sota jer. 7, 2: das Assyrische habe eine Schrift und keine Sprache, das Ibräische eine Sprache und keine Schrift, man habe daher die assyrische Schrift und die ibräische Sprache gewählt — ist hiermit verwandt, aber sehr ungenau ausgedrückt; vermuthlich hielt, wer dieses behauptete, die assyrische Schrift richtig für eine verschiedenen Sprachen gemeinsame, die altibräische aber bloß für eine Kritzelei, die nicht verdiene, eine Schrift zu heißen: so sagt ib. R. Natan, die Tora sei ursprünglich in raaz (d. i. eben eine kritzelige Schrift, von raaz zerbrechen) gegeben worden. Dagegen hatte nach Philo II. 84 schon Mosche „die assyrischen Buchstaben"; Rabbi gar in Tosifta Synedrin K. 4. Synedrin 22, a und ein Anonymus Megilla jer. 1, 9 leiten die Benennung aschurit von אושר ab, und Jener meint, in dieser Schrift sei ursprünglich die Tora Israel gegeben worden, als es aber sündigte, habe sich ihm diese Schrift in raaz verwandelt, und sei ihm zurückgegeben worden, als es sich besserte in Esra's Tagen. Endlich R. Elieser Modai behauptet, die Schrift sei von Anfang an die aschurit gewesen und habe sich niemals verändert: für Jenes spreche, daß in dieser Schrift das Waw einem Haken gleiche, der schon 2 Mos. 27, 10 waw genannt sei (so wenigstens hätte sein Beweis etwas mehr Sinn als in der dort ihm gegebenen Wendung). — Noch sagt R. Lewi Megilla jer. 1,9, je nachdem man annehme, die Tora sei in raaz oder in assyrischer Schrift gegeben worden, müsse das Ajin oder das Samech auf den Gesetztafeln in der Luft geschwebt haben. Man deutete nämlich 2 Mos. 32, 15 dahin, daß auf jenen Tafeln die Buchstaben durch die ganze Dicke derselben durchgehauen waren, und in der Schrift auf den maccabäischen Münzen, die man ohne Zweifel unter dem raaz verstand, war das Ajin wie eine Null gestaltet, zuweilen auch wie ein Dreieck, sodaß sein oder des assyrischen Samech innerer Theil von keiner Seite her gehalten worden wäre. Aehnlich sagt R. Chisda Schabbat 104, a, das (Schluß-)Mem und das Samech auf den Gesetztafeln hätten in der Luft geschwebt, nämlich wenn die älteste Schrift der Israeliten die assyrische war und schon die Finalen hatte; R. Lewi muß letztere für jüngeren Ursprunges gehalten haben. — Ferner sagt Origenes zu Zech. 9, 4: τὰ ἀρχαῖα στοιχεῖα ἐμφερὲς ἔχειν τὸν ταῦ τῷ τοῦ σταυροῦ χαρακτῆρι, und Hieronymus zu diesem Verse: antiquis Hebraeorum literis, quibus usque hodie utuntur Samaritani, extrema ταῦ litera crucis habet similitudinem, was die maccabäischen Münzen ebenfalls zeigen. An einer anderen Stelle (Montfaucon Hex. II. 94) sagt Origenes: τὸ ἀνεκφώνητον τετραγράμματον ἐν τοῖς ἀκριβέσι τῶν ἀντιγράφων ἑβραϊκοῖς ἀρχαίοις γράμμασι γέγραπται, ἀλλ' οὐχὶ τοῖς νῦν. φασὶ γὰρ τὸν Ἔσδραν ἑτέροις χρήσασθαι μετὰ τὴν αἰχμαλωσίαν. Und Hieronymus in prologo galeato: Certum est, Esdram .... alias literas reperisse, quibus nunc utimur, cum ad illud usque tempus iidem Samaritanorum et Hebraeorum characteres fuerint .... et nomen Domini tetragrammaton in quibusdam Graecis voluminibus usque

---

hodie antiquis expressum literis inventimus. Doch liegt der Ansicht dieser beiden Kirchenväter von den Schriftzügen, welche das Tetragrammaton zuweilen erhalten habe, ein Irrthum zu Grunde, den schon Gesenius S. 176 aufgedeckt hat. Denn Hieronymus sagt Epist. 136 ad Marcellam, das Tetragrammaton sei zuweilen in griechischen Handschriften beibehalten und aus Unkenntniß pipi gelesen worden: dies erklärt sich daraus, daß man einmal eine Zeitlang das Quadrat-He oben schloß (vgl. Megilla jer. 1, 9 und Menachot 29, b), und das Jod dem Waw sehr ähnlich machte, wofür ihre so häufige Verwechselung zeugt, sodaß das Wort ungefähr wie ΠΙΠΙ aussah; das Tetragrammaton wurde mithin in den griechischen Bibeln nicht in dem samaritanischen, sondern in einem Quadratcharakter geschrieben. — Noch erwähne ich, daß die Samaritaner unsere Schrift die des Esra, die ihrige aber die ibräische nennen, und daß der Samaritaner Abulfetach erzählt, Esra hätte die ibräische Schrift verändert und 27 Buchstaben eingeführt (nämlich noch die 5 Finalbuchstaben).

§ 2.

Wir sehen also, daß die Sage von einer eingetretenen Aenderung der Schrift sehr verbreitet war; und ihr ist umsomehr Glauben zu schenken, als ihre Erdichtung so ganz und gar nicht im Geiste der späteren Zeit wäre. Es fragt sich nur, wieviel Wahres an ihr sei. Um dies zu ermessen, müssen wir ein Wenig in die semitische Paläographie eingehen, nur schicke ich des besseren Verständnisses wegen die nöthigsten Alphabete voran:

Auf der beifolgenden Tafel enthält die 1. Columne bloß 8 Buchstaben, entnommen einem Ziegel, den man unter den Ruinen von Babylon gefunden hat: besser als Kopp § 93 hat sie Röth nota 46 entziffert, aber auch noch nicht bis zur Evidenz. Später hat man dort noch an 20 Ziegel mit denselben Schriftzügen gefunden, aber auch ihre Entzifferung ist noch so wenig gelungen, daß wir von dieser Schriftart hier ganz absehen müssen. Vor einigen Jahren endlich hat Layard dort mehrere irdene Schalen gefunden, deren innere Fläche mit einer semitischen Schrift bedeckt ist, welche Ellis nur flüchtig, gründlicher Levy untersucht hat; obwohl sie im Auge behaltend, lasse ich doch das aus ihr gezogene Alphabet hier weg, weil gegen Layard und Ellis, nach welchen sie aus dem 2. oder 3. Jahrhundert v. Chr. wäre, Levy sie vielmehr in das 7. christliche Jahrhundert herabrückt, und jedenfalls dieselbe näher diesem als jenem Zeitpunkte erscheint. — Die 2. Columne giebt das Alphabet auf phönizischen Münzen und Steinschriften, — die 3. die Schriftzüge auf den unter dem maccabäischen Fürsten Schimon geschlagenen jüdischen Münzen; es fehlen Sajin, Tet, Samech und Pe, diesen giebt das Gutenbergsalbum, ich weiß nicht aus welcher Quelle, die in Parenthesen eingerückten Formen. — Die 4. Columne enthält das samaritanische Alphabet, — die 5. Columne ist aus den Buchstaben der aramäischen Grabschrift von Carpentras zusammengestellt; Inschrift und die neben ihr befindlichen Figuren zeigen, daß sie von einem Semiten herrührt, der in Aegypten gelebt und den Osiris verehrt hat. — Die 6. enthält die Buchstaben eines semitisch-ägyptischen Papyrusfragmentes in Turin; die vielbesprochenen Inschriften auf dem Serae Sinai hielt Gesenius ihnen verwandt, doch behauptet Beer, arabische Chri-

Alphabet der palmyrenischen Inschriften, befindlich auf 15 Monumenten, deren ältes
vom Jahre 49 n. Chr. und deren jüngstes aus dem 3. Jahrhundert ist. — Noch
man zwei aramäisch-jüdische Fragmente, die Blacassianischen genannt, deren Typ
ich aber nicht habe auftreiben können.

Sehen wir die 2. bis 7. Columne genauer an, so zeigt sich:

1) das phönizische Alphabet beinahe identisch mit dem mackabäischen;

2) daß der samaritanische Charakter mit beiden sehr übereinstimmt, und r
etwas verkünstelt ist;

3) daß von diesen dreien die palmyrenische und die Quadratschrift sehr bedeute
abweichen;

4) daß die von Carpentras und die Turiner zwischen jenen dreien und diesen b
den in der Mitte stehen. Bloß die letzte Behauptung muß ich später beweisen,
übrigen werden allseitig zugegeben.

§ 3.

Es wird sich von Einfluß auf unsere Untersuchung zeigen, wenn wir nun na
sehen, in welchen von diesen Schriftarten Buchstaben noch ganz oder annäherung
weise die Gestalt bewahrt haben, welche ihre Benennung ausdrückt. Nur dürf
hierbei bloß jene Buchstaben in Betracht kommen, deren Etymon klar ist, u
von diesen wieder nur diejenigen, deren Gestalt in irgend einem der mitgethei
ten Alphabete ohne Künstelei seinem Etymon entspricht. Letzteres ist nicht d
Fall bei Alef, Gimel, Dalet, Nun, Samech, deren Etymon freilich kl
ist. Nun ist unser Bet umgelegt einem Hause ähnlich, stärker aber noch das umg
legte griechische Beta, welches unzweifelhaft aus dem phönizischen Bet hervorgin
Ferner, in der That gleicht unser Waw einem Haken, aber auch das phönizische, ar
mäische (No 5 und 6) und palmyrenische Waw. Das Sajin hat im Phöniz
schen die Form eines Schwertes mit Griff, dagegen im Quadrat nur eine entfern
Aehnlichkeit mit einer Waffe. Jod siehet im Phönizischen und Samaritanischen w
eine Hand aus, nicht im Quadrat. Kaf siehet im Quadrat, aber auch auf einer angel
lichen Münze des Jochanan Hyrkanus, auf welcher allein von allen mackabäische
Münzen es vorkommt, wie eine hohle Hand aus; indessen wird sich uns § 11 zeige
daß man den unteren Strich richtiger für eine Ligatur nimmt, wonach die Aehnlichke
unseres und des mackabäischen Kaf mit einer hohlen Hand keine ursprüngliche is
Ajin ist bloß im Phönizischen und Mackabäischen einem Auge ähnlich. Pe siehet i
Palmyrenischen, noch stärker aber im Samaritanischen und umgelegt im Griechische
wie ein Mund aus. Resch gleicht bloß im Phönizischen, Mackabäischen und Sama
ritanischen einem Kopfe. Schin ist in allen mitgetheilten Alphabeten zahnartig
Taw bedeutete wohl ein Kreuz wie im Arabischen, hat aber dessen Gestalt bloß in
Phönizischen und Mackabäischen. Die Etyma der übrigen Buchstaben sind dunkel
oder zweifelhaft.

Hiernach nun hat nicht ein einziger Buchstab in der Quadratschrift allein sein
ursprüngliche Form bewahrt; die Etyma von Bet, Waw (, Kaf und Schin sind noch in
ihr, aber auch noch in dem einen und anderen der übrigen Alphabete zu erkennen; die

auch die von Bet und Pe, sind in ihrer phönizischen, die von (Kaf,) Ajin, Resch, Schin und Taw in ihrer macFabäischen Form erhalten. Hiernach hat das Phönizische die meisten ursprünglichen Formen bewahrt, nach ihm das Mackabäische, wobei überdies nicht zu übersehen ist, daß von Letzterem uns 4 Buchstaben fehlen.

§ 4.

Nun aber waren die alten Juden im Besitz zweier Alphabete, des quadraten und des mackabäischen: welches Verhältniß zu einander hatten diese? Sie können nicht wohl seit ältester Zeit neben einander in Gebrauch gewesen sein als heilige und profane Schrift, denn

1) findet sich nichts, was hierauf hinwiese. Zu dem von Gesenius S. 147—149 gut hierüber Gesagten füge ich noch hinzu, daß die schwierige Stelle des Irenäus adv. haeres. II. 24: ipsae enim antiquae et primae Hebraeorum literae sacerdotales nuncupatae decem quidem sunt numero, scribuntur autem quoque per quindecim novissima litera copulata primae etc. schon deshalb nicht hieher zu beziehen ist, weil zu den ersten Zehngeboten allein schon alle unsere Buchstaben bis auf Tet nöthig waren; ferner, daß zwar auch Hegesippus 5, 44 von „alten Buchstaben, die sie heilige nennen" spricht, aber bloß indem er die Worte ἐν τοῖς ἱεροῖς γράμμασι hell. Jud. 6, 5, 4 arg mißversteht.

2) wurden biblische Schriften auch mit phönizischen, mackabäischen, aramäischen und palmyrenischen Buchstaben geschrieben: es ist dies für unsere Untersuchung ein so wichtiger Punkt, daß ich ihn etwas ausführlicher belegen muß.

Die vorkommenden Buchstabenverwechselungen sind bekanntlich sehr wichtig für die Paläographie, ich will eine Anzahl derselben hier zusammenstellen, welche theils noch in den ibräischen Texten der Massora und der Samaritaner vorkommen, theils in den benutzten Manuscripten den alexandrinischen Uebersetzern begegnet sein müssen, habe aber alle die weggelassen, deren Beweiskraft aus irgend einem Grunde mir zweifelhaft erschien, z. B. weil Waw und Sajin, Dalet und Resch in allen mitgetheilten Alphabeten, Bet und Resch wenigstens in den meisten derselben ähnlich sind, oder erst von Abschreibern der LXX o mit ϱ, ϱ mit φ, Λ mit Δ verwechselt worden sein mögen u. s. w., oder deren Beweiskraft erst durch längere Erörterung hätte dargethan werden müssen; dagegen glaubte ich solche nicht verschmähen zu müssen, welche nur in einzelnen Codices der LXX vorkommen, da in solchen Fällen die Uebereinstimmung anderer Codices mit dem massoretischen Texte wohl erst durch hinterherige Correctur erzeugt ist. Nach so strenger Sichtung behaupte ich, allerdings immer noch mit Schüchternheit, weil dieser Boden gar zu schlüpfrig ist, daß zu erklären sein möchten

nur aus der Quadratschrift die Verwechselungen

1) von ב und ר in Ballà 1 Mos. 14, 2. Ἀουβήρ 4 Mos. 26, 38. Χελεϑ 2 Sam. 8, 18;

2) von ב und ר in Σαμαδὰ 1 Mos. 36, 36. Σαλαδὰκ 4 Mos. 34, 8 (im codex Alex.). Μαλὼν Jos. 15, 61;

3) von ר und ה in so häufigen Beispielen, daß keine angeführt zu werden brau-

Cober von vielen einige: חכו 1 Mof. 27, 36. יכלי ib. 49, 5. אדידי ib. B. 7 für arur. בשו 4 Mof. 21, 27. ישו 5 Mof. 14. 5;

4) von י und ר in Σαφὰρ 1 Mof. 36, 11. 15. 23 und Φογὼρ ib. 36, 39;

5) von ר und ר in Βαυχὶρ ober Βαυχὸρ 4 Mof. 34, 22 und vielen, worin ר und ר schon verwechselt waren, auch vielleicht in עי Zirm. 49, 3;

6) von נ und נ in Ναβὶρ 1 Rön. 4, 13;

7) von ה und ר in אודה Zech. 7, 5 und Τεϑὶρ 1 Mof. 36, 40;

8) von ה und ה in Εἰλὰτ 1 Mof. 2, 11. Χαραδὰϑ 4 Mof. 33, 24. Ἑρμὰϑ Zof. 12, 14. Ναχὲϑ 1 Chron. 14, 6;

9) von ה und ה in חרורי 1 Chron. 11, 27 für חררי 2 Sam. 23. 25. Σεχὰχ 4 Mof. 34, 4. Σαραδὰχ ib. B. 8; im Samaritanischen Cober ידורה, תחורה 5 Mof. 23, 18. ובחורם ib. 28, 27. מוהלך ib. 32, 18. וחלי ib. B. 24. בחותה ib. 34, 7: diese Vertauschungen bald des He mit Chet, bald des Chet mit He können nicht nachträglich, wie freilich viele andere in diesem Cober, unter dialektischem Einflusse erfolgt sein;

10) von ה und ר in Γεφὼρ, Γαιφὼρ 1 Mof. 25, 4;

11) von ר und ד in Δεϱϱωνὰ 4 Mof. 34, 9, in der mehrmaligen Ueberfetzung von נ ed. 4 Mof. 6, 4—12 durch εὐχή wie נדר, in der Uebersetzung von אל־זן מון Pf. 144, 13 durch ἐκ τούτου εἰς τοῦτο wie für מֶזֶן אֶל־זֶן. Ἐσδϱιὴλ 2 Sam. 21, 8 für עדריאל. עדיאל 1 Chron. 9, 12 für עדיאל Rech. 11, 13.

Dagegen nur aus dem Phönizischen die

1) von ר und ש in עשן 1 Chron. 6, 44 für עין Zof. 21, 16;

2) von ה und ם in תאלה Ziob 4, 18 für תהלה, vgl. ib. 1, 22;

3) von מ und ם in מערם 1 Mof. 46, 21, vgl. 4 Mof. 26, 39 und 1 Chron. 7, 12.

Nur aus dem Maccabäischen die

1) von ר und ם in Ἰεμουὴλ 1 Mof. 46, 12. Ἰαμοὶν 4 Mof. 26, 21. Ἰωβὰβ Richt. 4, 11;

2) von נ und ע in Ἐργὶλ 2 Rön. 17, 30 (vgl. § 8, 5);

3) von נ und ע in Δασὲμ 1 Mof. 10, 12. Ἀλλὼμ ib. 36, 2. Ἐνὰχ, Ἀλvὰχ, Ἐvὲχ (Alex., Ald., Oxon.) Zof. 13, 19. Φιδὼν. ib. 10, 3. Ἐναχὶμ Zirm. 47, 5 (29, 5) und vielen anderen, diejenigen ungerechnet, wo wie in Ῥαφιδεὶν 2 Mof. 17, 8 das ע anders erklärt werden kann;

§ 4) von ם und ש in עשירה 2 Rön. 8, 21. להשיב 2 Sam. 8, 3 für להשיב 1 Chron. 18, 3, auch in dem weder für sich noch zu den Schlußworten paffenden לאריך 2 Sam. 7, 23 für לגרש, das in beiderlei Beziehung genau paßt und durch τοῦ ἐκβαλεῖν σε der LXX gestützt wird: nach Verwechselung des Schin mit Zade mußte die des Gimel mit Alef nothgedrungen folgen.

Nur aus dem Aramäischen, wie ich den 5. und 6. der mitgetheilten Schrift-charaktere zusammen nennen will, die

1) von נ und ר in ויתן Pf. 18, 33 für ויזר 2 Sam. 22, 33. ריהום Esr. 2, 2 für

בחרושך, in בחרושך Jef. 48, 10. in *Ἀἰνὰν, Εὐνὰν* 1 Mof. 14, 13.
Σοφὰρ 4 Mof. 32, 35. *ζώσης σου* 5 Mof. 23, 14, als
ftände קרקע, *Ἀχὰρ* Jof. 7, 1. *Δαβὶν* ib. 10, 3. *Δαυβὰν* ib.
13, 26. *Ναχὼρ* 2 Sam. 6, 6. *Τανάθαν* Jef. 20, 1, auch darin
daß die LXX 4 Mof. 3, 34 6050 für 6200 hat;

2) von ג und ד in *Χοδδὰν* 1 Mof. 25, 15. *Χαλμὰν* der *Μάδιανα* Jeß. 27, 23;

3) von ג und ס in *Ἰαβίς, Ἰαβείς* Jof. 11, 1;

4) von ד und ס in מקרם Jef. 2, 6;

5) von ג und ק in בדן 1 Sam. 12, 11 für ברק, wie die LXX hat;

6) von ג und ע in עערי 2 Sam. 23, 35, aber נערי 1 Chron. 11, 37. in הנדוי
Jeß. 23, 20, wofür ohne Zweifel הזדוי zu lefen ift, in
Νηρίου 2 Chron. 36, 5 aus שדיה 2 Kön. 23, 36;

7) von ש und ע in משל 5 Mof. 33, 13.

Nur aus dem Turiner Alphabet die

1) von א und ח in הושע 2 Sam. 3, 18. הוציא Jeß. 11, 7. הדרי 1 Chron.
11, 35 für ארדי 2 Sam. 23, 33. הדרם 2 Chron. 10, 18 für
ארדם 1 Kön. 12, 18. האמון Jirm. 52, 15. *ἐνάρχου* 5 Mof.
2, 25 für אוהל, als ftände החל, vielleicht auch in אגאלוהי
Jef. 63, 3. אסכים Jirm. 25, 3 und יהושפט 1 Kön. 22, 30,
sowie beim Samaritaner in והצלתי 4 Mof. 11, 7 und באבליהם
5 Mof. 32, 21;

2) von א und י in אשיב Chab. 2, 1. יחזרה 1 Chron. 9, 12 für אחזי (אחזיה)
Neß. 11, 13. אסראלה 1 Chron. 25, 2 und ישראלה ib. B. 14.
את 2 Sam. 14, 19 für יש, denn jenes für eine Nebenform
zu halten ift um so unzuläffiger, als diefes in demfelben
Kapitel Vers 32 vorkommt;

3) von א und ק in תקוהי Jiob 6, 8 und umgekehrt in תאות Pf. 112, 10 vgl. ib. 9, 19.

Nur aus dem Palmprenifchen die

1) von מ und נ in *Μασσύμα* Jof. 11, 3. *Μασερμὼθ* ib. B. 8 (im codex
Oxon.). פרק für מרק Jef. 65, 4. שרמה 2 Kön. 19, 26, aber
שדמות Jef. 37, 27.

2) von מ und ב in *φυλαῖς* 4 Mof. 25, 5 und *κριταῖς* 5 Mof. 1, 15 durch Verwechselung von שבט und שפט: diefe erfolgte fchon in שבטי
2 Sam. 7, 7, in der Parallelstelle 1 Chron. 17, 6 steht richtig
שפטי, doch hat hier die LXX *φυλήν*! ferner in שובך 1 Chron.
19, 16 für שובך 2 Sam. 10, 16 und *Βαθουήλ* Joel 1, 1;

3) von מ und כ in dem nur Jiob 21, 20 vorkommenden und etymologifch nur
gewaltfam erklärlichen כידו;

4) von כ und ו in *θηλάσει σε* 5 Mof. 33, 19, als ftände יינקך oder vielmehr
ויינקב; auch vermuthlich in ואסר Eft. 6, 8;

5) von כ und מ in ברוך (בריב) Jeß. 5, 12 für ברום. ויתם (וירתם) 2 Kön. 22, 4
für וְיִתֵּךְ (vgl. B. 9 und die LXX). כהתבנס Jef. 28, 20;

6) von כ und מ in ἐξ ὄρους Obab. 21, als ftände מהר. *Σαμαὰ* Jof. 19, 2.
Ῥαββὼθ 1 Kön. 4, 13. *Μαδεβηνὰ* Jef. 10, 31. *Βασαλου*

ישובו Pf. 70, 4 für ישוּב in der Parallelstelle Pf. 40, 16.
בריך 2 Kön. 20, 12 für מראדך Jef. 39, 1, weshalb auch
die sonst auf andere Weise erklärlichen Ναβαδ 1 Mof. 10,
8. Θαμνὶ 1 Kön. 16, 21. Ζιμρὰ 2 Kön. 19, 2. Ζομρία
1 Chron. 15, 24 wohl hieher gehören;

7) von ש und ק in Καλαδὰμ Jof. 19, 2;

8) von ע und ר in גבר Esr. 2, 20 für גבע Neh. 7, 25, und indem in der LXX
zu 5 Mof. 11, 22. 19, 9. 28, 58. 31, 12 שמר und שמע ver:
wechselt sind;

9) von ע und ד in des Samaritaners תעריר 2 Mof. 5, 4;

10) von ע und ס in אעם Jef. 41, 24. εἰς τέλος 1 Mof. 46, 4 für עלה, als stände
סלה. Σεμιοὺδ 4 Mof. 34, 20. ʼΕλχὰ 5 Mof. 3, 10. Σαδδω
1 Kön. 4, 14: man denke sich nur die Mittelform, daß der
gebogene obere Strich des palm. Samech zuweilen noch
etwas sichelförmiger war;

11) von י und ל in Μελχὸλ 2 Sam. 3, 13;

12) von מ und ר in וירם 2 Sam. 12, 31, aber וישר 1 Chron. 20, 3;

13) von ז und ר in רוחתי Klagel. 3, 56;

14) von ד und רי in הלבם Sech. 6, 14 für הלרי ib. V. 10.

Aus dem Mackabäischen am besten, nöthigenfalls aber auch aus dem Palmy:
renischen die
von א und ת in Θασοβὰτ 1 Mof. 46, 16 und ὠώσετε 4 Mof. 32, 32 für ארנו,
als stände תרנו.

Aus dem Phönizischen oder Mackabäischen die
von ח und ס in ששאיך Zech. 39, 2 für חסן.

Aus dem Phönizischen oder Palmyrenischen die
von ל und נ in אל 1 Sam. 27, 10. אבל ib. 6, 18. Μαδὰλ 1 Mof. 25, 2.
ʼΙαμοὺν 4 Mof. 26, 21. ʼΕλιφενὰ und Μαχελλία 1 Chron.
15, 18.

Aus dem Phönizischen oder Quadrat die
1) von ש und ס in וירם 1 Sam. 14, 32;

2) von ו und ג in יואל 1 Chron. 11, 38 für יגאל 2 Sam. 23, 36, auch viel:
leicht in Αλλὰμ Jof. 12, 12, nachdem Waw für Jod gehalten
worden war.

Aus dem Phönizischen oder Turiner Alphabet die
von ה und י in חשם 1 Chron. 11, 34 für ישן 2 Sam. 23, 32: über die von Mem
und Nun in den beiden letzten Beispielen war schon die Rede.

Aus dem Aramäischen oder Quadrat die
1) von ב und כ in סבניה Neh. 12, 14 für סכניה ib. V. 3. זכרי 1 Chron. 9, 15
für זברי Neh. 11, 17;

2) von ו und נ in שאונך für שאינך 2 Kön. 19, 28.

Aus dem Aramäischen am besten, weniger gut aus dem Palmyrenischen oder
Quadrat die
von ר und כ in שכר 1 Chron. 11, 35 für שריר 2 Sam. 23, 33. השבת Pf. 18,

für חדגר, als stände חגבו, und in des Samaritaners בתור
1 Mos. 15, 10 für בתוך.

Aus dem Palmyrenischen oder Quadrat die
1) von ה und ח in Naβάϑ 4 Mos. 32, 42. Ταϱάϑ ib. 38, 27. Ταϱοϑ Jos.
12, 17;
2) von ן und ז in 'Εννάν 4 Mos. 34, 4;
3) von כ und ס in סירות, פירות 1 Kön. 7, 40. 45.

Die von כ und ר in חלב 2 Sam. 23, 29, aber חלד 1 Chron. 11, 30, sowie in
הגביל Jos. 15, 47 ist gleicherweise aus dem Phönizischen, Aramäischen und Quadrat erklärlich. Für ישב בשבת 2 Sam. 23, 8 stehet 1 Chron. 11, 11 בן ישבעם : die Verwechselung in ihm von ב und ע ist aus dem Palmyrenischen, die von ש und ס aus dem Phönizischen, zur Noth auch aus dem Mackabäischen zu erklären.

Ich muß hier abbrechen, erschöpft kann dieses Thema nur in einer Monographie werden, und wie ich mir auf Grund solcher Verwechselungen die heiligen wie nicht heiligen Schriften im 5. bis 2. Jahrhundert v. Chr. geschrieben denke, werde ich in § 8 angeben, ich bemerke darüber nur vorweg:

1) daß nicht etwa die alexandrinischen Uebersetzer die Verwechselungen, von welchen sie strotzen, immer erst selbst begangen haben, vielleicht die meisten derselben fanden sie schon in den benützten Handschriften;

2) daß wir schon zahlreiche Verwechselungen nicht nur des septuagintischen Pentateuchs, welchen ich um 270 v. Chr., sondern selbst des Samaritanischen, welchen ich noch ein Jahrhundert früher ansetzen muß, auf dem Quadratcharakter beruhen sahen;

3) daß mehrere Verwechselungen (von א und ר, von נ und ר, von נ und ם, von א und ק), die aus dem aramäischen Charakter erklärt werden mußten, erst resp. nach Jecheskel, Serubabel, Rechemia, sowie

4) daß zahlreiche Verwechselungen (von מ und ם, ם und כ, ם und ב, ע und ר), die aus dem Palmyrenischen zu erklären waren, erst resp. nach Jecheskel, Obadja, Deuterojeschaja, Serubabel begangen sein können, vielleicht aber später begangen sind;

5) daß Verwechselungen selbst im Pentateuch aus mackabäischer, aramäischer und palmyrenischer Schrift geflossen sind.

In jedem Falle also zeigt die angestellte Vergleichung, auch wenn eine Anzahl der beigebrachten Beispiele für nicht probehaltig erklärt würde, daß biblische Bücher einst auch mit mackabäischer, aramäischer und palmyrenischer Schrift geschrieben wurden, die quadrate mithin nicht die von Alters her heilige Schriftart war.

§ 5.

Ohne hiervon eine Ahnung zu haben, ist von Manchen behauptet worden, daß die Quadratschrift die althergebrachte war, die Mackabäer aber ihre Münzen mit Legenden in phönizischer Schrift versehen hätten, damit sie besser curstrten; eine Analogie hierzu biete es, daß nicht wenige Münzen persischer Satrapen mit phönizischer Legende vorkommen; und in der That dafür, daß de Luynes in seinem Essai sur

Bord ihrer Flotte solche schlagen lassen, ist wohl mit größerem Recht jene Erschein
daraus zu erklären, daß die phönizische Schrift auf Münzen durch die handeltreib
den Phönizier in ganz Vorderasien bekannt und etwas üblich geworden war. Al
wir sahen eben, daß schon vor den Maccabäern „maccabäische“ Schrift in Paläst
gebräuchlich war; sodann ist diese nur sehr verwandt, aber nicht identisch mit
phönizischen; endlich bedürfte dann die samaritanische wieder einer anderen Erkläru
Auch kann die maccabäische Schrift niemals aus der quadraten sich entwi
haben, denn es ist naturgemäß, daß die geschlossenen Köpfe des maccabäischen B
Dalet, Chet, Ajin und Rosch später geöffnet wurden, wie wir sie in der tran
schen Schrift sehen, und endlich ganz schwanden, wie eben im Quadrat: der en
gengesetzte Weg wäre unnatürlich. Es wird aber unsere Untersuchung fördern, wo
wir einmal erwägen, was über die alte ibräische Schrift a priori zu urtheilen ist.

§ 6.

Wir irren schwerlich, wenn wir annehmen, daß die semitischen Stämme, wel
als Hyksos und Ibräer (in Ewald's Sinne) einst nach Aegypten zogen, ein bal
Ionisches Alphabet mit dahin brachten: wir dürfen diesem ein so hohes Alter geb
da ja die Babylonier schon 1900 Jahr vor Alexander dem Großen astronomi[sche]
Beobachtungen aufgezeichnet haben sollen; und für zu roh dazu, es mitzunehm
können wir jene Stämme schon deshalb nicht erklären, weil wir von ihrer Culturst
nichts wissen. Die Israeliten aber konnten, als sie Aegypten verließen, doch wen
stens die Gesetztafeln lesen, sonst hätte Mosche diese gar nicht angefertigt, und hat
also ihr Alphabet von jenen Semiten in Aegypten, nicht von den Phöniziern, in de
Nähe sie erst nunmehr sich festsetzten. Die Phönizier haben ihr Alphabet entwe
von den benachbarten Israeliten oder von jenen Semiten in Aegypten oder dir
von Babylonien erhalten, vielleicht schon als sie noch am erythräischen Meere (v
Herod. 7,89) wohnten; daß sie nicht selbst die Buchstaben erfunden haben, hat Saalsch
gut daraus erwiesen, daß sie höchst ungelehrt waren, und die Buchstaben auch sonst
Sphäre der Schifffahrt entlehnt sein müßten, nicht der Viehzucht, wie ihre Etyma zeig
Von den Aegyptern aber können die Israeliten ihre Schrift nicht so schlechthin er
lehnt haben, wie Hengstenberg behauptet hat. Denn Diese besaßen zwar neb
ihren Hieroglyphen eine phonetische d. i. alphabetische Schrift, und nach Lepsi
soll die Uebereinstimmung zwischen ihr und der semitischen durchgreifend sein: letzt
kommt aber daher, daß in Folge jener Einwanderungen und einer jahrhundertelang
Herrschaft von Semiten in Aegypten daselbst eine ziemlich innige Vermischung d
ägyptischen und semitischen Elements zu Stande kam, die sich auch in der ägyptisch
Sprache und Religion klar nachweisen läßt. Und daß Röth S. 100 und 246 sagt, d
phönizische Schrift sei aus dem Reichthum der ägyptischen ausgewählt worden, hal
ich für eine ebenso unwahrscheinliche wie unbewiesene Behauptung; schon daß d
hieratischen Schriftzüge bei den Aegyptern ausschließlich die Richtung von der Rec
ten zur Anken haben, die Hieroglyphen aber die umgekehrte, ist ein Argument dafü
daß erstere fremden Ursprungs sind. Die Aegypter erhielten von den eingewandert
semitischen Stämmen das babylonische Alphabet, bildeten es aber unter dem Einflu

ziemlich selbständig weiter, indem sie einige Buchstaben hinzufügten und die Form der übrigen stark modificirten. Daß die Babylonier mehr Anspruch als die Aegypter auf die Erfindung unserer Schrift haben, lehrt 1) die erwähnte Thatsache, daß wir von semitischen Stämmen wissen, welche lange in Aegypten hausten, nicht aber von ägyptischen, die sich ganz früh über Vorderasien verbreitet hätten; die abziehenden Hyksos und Israeliten kommen hier nicht in Betracht, da wir schon sahen, daß die Babylonier bereits Jahrhunderte früher Schrift besaßen; 2) haben das indische und nach Lepsius auch das zendische Alphabet Verwandtschaft mit dem semitischen, sodaß schon die geographische Lage der Länder eine Verbreitung des babylonischen Alphabets nach Westen und Osten wahrscheinlich macht; 3) sind die semitischen Benennungen unserer Buchstaben am einfachsten durch den semitischen Ursprung derselben zu erklären; stammten sie von den Aegyptern, so hätten sie wohl die ägyptischen Namen behalten, wie bei den Griechen die semitischen. Ist aber dies richtig, so haben die aus Babylonien stammenden Israeliten ihr Alphabet entweder von dort schon mitgebracht nach Aegypten, oder hier es von vor ihnen dahin eingewanderten Stammverwandten erhalten, oder endlich von den Aegyptern, welche hierin die Schüler der Hyksos waren, es angenommen ehe ihm hier die erwähnte Weiterbildung widerfuhr.

§ 7.

Diese Schrift nun, die altbabylonische, mit der phönizischen fast oder vollkommen identische, besaßen die Israeliten bis in die Zeiten des zweiten Tempels herab ziemlich unverändert. Wie kamen sie aber zu der Quadratschrift? die talmudische Annahme, sie hätten sie aus dem Exil mitgebracht, hat einfach gegen sich, daß in den Ländern des Exils diese Schrift oder eine ihr nahekommende gar nicht herrschte, soviel wir wissen; die oben mitgetheilten 8 babylonischen Buchstaben haben nicht die geringste Aehnlichkeit mit ihr. Ich habe von der Einführung der Quadratschrift eine andere Ansicht, deren Darstellung ich einige Sätze voranschicken muß.

1) Das Phönizische, Mackabäische und Samaritanische gehören offenbar zusammen, und nicht einmal als streng geschiedene Abarten, namentlich wird Niemand aus den überaus wenigen Ueberresten des Mackabäischen den Schluß ziehen dürfen, daß nicht in ihm neben den gefundenen Buchstabenformen noch andere in Gebrauch waren, welche den entsprechenden Buchstaben im Phönizischen und Samaritanischen stärker glichen: dies wird schon daraus wahrscheinlich, daß ungeachtet der Geringfügigkeit seiner Ueberreste 11 von 18 mackabäischen Buchstaben (denn 4 derselben sind nicht verbürgt) in zwei oder drei Modificationen erscheinen, und außerdem angenommen werden darf, daß ebensogut, wie von einigen phönizischen Buchstaben eine 3, 4, 5fache Form sich findet, auch diejenigen phönizischen Buchstaben, von welchen uns zufällig nur eine doppelte Form erhalten worden ist, noch mehrere Nebenformen hatten.

2) wurde schon als naturgemäß bezeichnet, daß die runden oder eckigen Köpfe der Buchstaben später nur angedeutet, also geöffnet wurden, und am Ende ganz verschwanden.

3) sind die Ligaturen, als unwesentlich, bei anzustellenden Vergleichungen von

4) hat das Aramäische eine sehr große Verwandtschaft einerseits mit dem Phö-
nizisch-Maccabäischen, dem Ibri, andererseits mit dem Quadrat. Mit dem Maccabäischen hat es ב, ה, ע und ר gemein, nur daß deren Köpfe bereits geöffnet sind, ferner
ל, ק, ש, auch כ, indem nur seinem ב die Ligatur fehlt, wie allen aramäischen Buchstaben; mit dem Phönizischen ב, ד, ע und ר, nur daß deren Köpfe schon geöffnet sind,
ferner ז, ו, ח, כ, ל, מ, נ, צ, ק, ש und ח; mit der Quadratschrift א, ו, ד, ק und ע,
ferner ב, ד, ה und ר, von welchen vieren im Quadrat bloß die geöffneten Köpfe ganz
geschwunden sind, desgleichen ל, נ, ע, צ, ח, die im Quadrat bloß Ligaturen erhalten
haben, endlich ב, dessen Quadratform bloß beides Vorige vereinigt zeigt, die Abwer-
fung des geöffneten Kopfes und die Anfügung einer Ligatur. Wir ersehen hieraus,
daß das Aramäische von 19 oder 20 Buchstaben (denn sein ב und ש fehlen uns, und
sein ש ist nicht ganz sicher) 17 mit dem Ibri und 15 mit dem Quadrat gemein
hatte.

5) stehet das Quadrat in Einem Punkte dem Palmyrenischen, in anderen dem
Aramäischen näher: jenem in den Ligaturen an ב, ל, מ, נ, ס*), ע, ב und ח, doch
hat auch sein צ eine Ligatur, das palmyrenische nicht, und umgekehrt das palmyrenische ח, das quadrate aber nicht; dem Aramäischen im ק und darin, daß der rechte
Fuß seines ח, ו, כ, מ, ב, ק und ר gradlinig und nicht so geschnörkelt ist wie im Palmyrenischen. ח und ש sind in jeder dieser drei Schriftarten anders.

§ 8.

Nach diesen Prämissen nehme ich 1) an, daß das Aramäische die jüngere
Schrift der aramäischredenden Völker, also der Syrer und Babylonier war: ihre sehr
enge Verwandtschaft mit dem Ibri oder Altbabylonischen zeigte § 7 n. 4; ihre Jugend
aber zeigen insbesondere die geöffneten Köpfe des ב, ה, ח, כ, ע, ר sowie die Mittel-
formen, welche aus dem im Phönizischen und Samaritanischen erhaltenen ursprünglichen Jod in das von allen Buchstaben am stärksten umgestaltete palmyrenische und
Quadrat-Jod hinüberführen. Diese Schriftart ist Esr. 4, 7 in dem chronistischen
Ausdrucke katub aramit umeturgam aramit schon wegen des Gegensatzes von katub
und meturgam unzweifelhaft erwähnt, in einer Weise jedoch, aus welcher hervorgehet,
daß man sie damals in Judäa kannte, aber als aramäische der heimischen entgegen-
setzte. Dies könnte ich mir ganz so erklären wie das allmälige Ueberhandnehmen, der
aramäischen Sprache in Judäa, worüber ich II. 44 meiner Geschichte nachzulesen bitte:
fast alle Wege, auf welchen nach meiner dortigen Darstellung die aramäische Sprache
in Judäa eindrang, führten mit ihr die aramäische Schrift dahin, und wer hieran
noch zweifeln könnte, beachte die dreimalige ausdrückliche Erwähnung der Schrift
neben der Sprache Est. 1, 22. 3, 12. 8, 9. Allein ich vermuthe, daß dieselbe schon
von den heimkehrenden Exulanten mitgebracht und gelegentlich geschrieben wurde;
der jedenfalls mit ihr bekannte Esra brachte auch nach Esr. 7, 12—26 ein in ihr abge-

---

*) daß nämlich einst das quadrate ם zur linken Seite offen war wie das palmy-
renische, gehet wohl aus der Notiz Megilla jer. I, 9 hervor, daß es in der Tora der

faßtes königliches Schreiben zu seiner Legitimation mit. Von Judäa oder wenigstens über dasselbe drangen aramäische Sprache und Schrift sogar nach Aegypten, wie die in § 2 erwähnten dort gefundenen Ueberreste zeigen.

2) glaube ich, daß in und kurz nach dem Exil auch die palmyrenische Schrift den Juden bekannt wurde; sie ist fast das Jungaramäische selbst, nur daß in ihr viele Buchstaben mit Ligaturen versehen und die rechten Füße der Buchstaben geschnörkelt wurden. Daß sie viel älter sein kann als das älteste Denkmal in derselben, welches uns zufällig erhalten worden ist, ist an sich klar; zudem berichtet de Luynes von Münzen schon mit palmyrenischer Schrift, welche die in der Anabasis 7, 8, 25 erwähnten persischen Satrapen Spennesis von Cilicien und Lernes von Phönizien und Arabien hätten schlagen lassen: das führt auf ein hinlänglich hohes Alter sowie zugleich auf Verbreitung der palmyrenischen Schrift in noch größerer Nähe von Judäa; desgleichen werden, da wir früh. Gesch. 220 die gewöhnliche Residenz des persischen Satrapen von Syrien nicht fern von Palmyra nachwiesen, nicht selten Befehle nach Judäa in palmyrenischer Schrift entsandt worden sein; außerdem kann sie durch Juden mitgebracht worden sein, welche aus dem Rayon dieses Schriftcharakters einwanderten, denn wir fanden ib. S. 105 einen Theil der Gola dicht bei Palmyra, welches ja nur eine Tagereise vom Euphrat entfernt lag, und es ist immerhin merkwürdig, daß Jebamot jer. 1, 6 von palmyrenischen Proselyten zur Zeit des Propheten Chaggai die Rede ist.

3) daß aus diesen beiden in Judäa bekannten Schriftarten, der aramäischen und palmyrenischen, eine Schrift gebildet wurde, welche mit der Zeit unsere Quadratschrift wurde: von der aramäischen wurden die gradlinigen Füße, von der palmyrenischen die Ligaturen angenommen, dagegen die geöffneten Köpfe, welche beide haben, ganz weggelassen; alles Uebrige an den Buchstaben ist im Aramäischen und Palmyrenischen ziemlich identisch, und wurde auch in der neuen Schrift beibehalten, bloß ה und ע erlitten eine etwas stärkere Veränderung, vielleicht weil diese in den beiden Mutterschriften verschieden sind, und das Quadrat-He kann deshalb aus dem Ibri (vgl. das phönizische He) genommen worden sein. Ich halte diese Bildung der Quadratschrift aus jenen für eine mit Bewußtsein vorgenommene, um für neue Abschriften heiliger Bücher der eingerissenen Willkühr in der Wahl des Schriftcharakters zu steuern, zugleich aber der unvermeidlichen Beobachtung Rechnung zu tragen, daß selbst das Aramäische, mehr aber noch das Palmyrenische schöner als das Ibri sei, welches auch darum in späterer Zeit Raaz (Kritzelei) genannt wurde. Denn wären die Quadratbuchstaben unwillkührlich aus den in Gebrauch gewesenen Schriften als Mischformen hervorgegangen, so hätte nothwendig auch das Ibri stark auf ihre Gestaltung influiren müssen, was sich aber nicht zeigt; vermuthlich legten ihnen die Bildner das Ibri nicht mit zu Grunde, eben weil es ihren kalligraphischen Ansichten nicht entsprach.

4) daß vom Exil an bis Esra biblische Bücher in aramäischer und palmyrenischer Schrift abgeschrieben wurden, schon seltener im Ibri, welches neben diesen nicht mehr gefiel, die eben dargestellte Bildung des Quadratcharakters aus ihnen aber, wenn auch lange noch nicht bis zu seiner Vollendung, schon durch Esra und seine Schüler um 450 v. Chr. erfolgt ist: es war dies um so leichter möglich, als er wie gesagt nicht etwa unwillkührlich entstand, wozu eine lange Zeit gehört hätte, und seine Brauchbarkeit durch den Gebrauch seiner beiden Mutterschriften vorbereitet war.

5) daß seitdem die Quadratschrift rasch alle übrigen bei Schreibung von Penta-
teuchen verdrängte, und da natürlich in den 80 Jahren seit Esra zehnmal häufiger
als in den 80 Jahren vor ihm der Pentateuch abgeschrieben wurde, so begreift es sich
leicht, daß der um 370 v. Chr. zu den Samaritanern gebrachte schon in dieser Schriftart war, ebenso der nachmals für LXX benutzte. Zu den anderen biblischen Büchern,
als weniger heiligen und bei deren Abschreibung Esra's Beispiel weniger maßgebend
war, mochten noch geraume Zeit hindurch auch die anderen Schriftarten verwendet
worden sein, doch in abnehmendem Maße, denn als vom Chronisten Esr. 4, 7 geschrieben wurde, scheint die Quadratschrift schon die herrschende gewesen zu sein. Weil
übrigens diese verschiedenen Schriftarten eine Zeitlang neben einander in Gebrauch
waren und auch insgesammt noch einander näher standen, als es in den uns von
ihnen erhaltenen jüngeren Ueberresten der Fall ist, flossen gewiß zuweilen in die eine
Schriftart einzelne Buchstaben der anderen ein, wie auch uns bei achtlosem Schreiben
zuweilen lateinische Buchstaben unter die deutschen gerathen; ich erkläre mir z. B.
hieraus die Verwechselung von ר und ד in *Egypt* 2 Kön. 17, 30, in die palmyrenische oder Quadratschrift war ein ihrem Ajin überaus ähnliches altibräisches Nun
eingeflossen. Eine sonderbare, aber höchst lehrreiche Mischung der Schriftarten zeigen
die obenerwähnten, von Layard gefundenen Schalen: die meisten Buchstaben sind fast
ganz unsere quadraten, aber mehrere haben die aramäische, andere wieder die palmyrenische Form, beide zum Theil neben der quadraten. Daß vom Ibri, welches doch
ein ganzes Jahrtausend in Gebrauch war, oben so wenige Verwechselungen beigebracht
wurden, ist möglicherweise zufällig, und auf dem gezeigten Wege vielleicht noch eine
reiche Nachlese zu halten; sollte aber auch dies nicht sein, so bedenke man, daß in
jenem ganzen Jahrtausend über alle Maßen wenig abgeschrieben wurde und darum
dann bloß von sehr Kundigen.

§ 9.

Aber wie früher neben dem Aramäischen und Palmyrenischen, so erhielt sich
später neben der Quadratschrift noch immer das Ibri bei Denen, welche nicht Soferim
waren, bei den Idioten, wie der Talmud sagt, und wurde für die maccabäischen
Münzen umsoeher gewählt, als diese auch in den Nachbarländern gelten sollten, wo
man an die fast identische phönizische Schrift auf Münzen gewöhnt war; sie erhielt
sich vielleicht bis über Hieronymus' Zeit herab, denn dessen Bemerkung im Prolog
zu Zach. 20, die ibräische Schrift sei klein und augenzerstörend, scheint nur auf sie zu
passen.

Die Samaritaner aber hatten ursprünglich wie die Israeliten das Ibri. Dieses
wurde bei ihnen auch nicht verdrängt, ihre Schrift ist noch wesentlich die altibräische,
denn das Exil und seinen Einfluß theilten sie nicht; gegen den syrischen Einfluß aber
bildete wahrscheinlich die größere Nähe von Phönizien, das an dieser Schrift fest-
hielt, und das nach ant. 12, 5, 5 hinzugekommene sidonische Element der samaritanischen Bevölkerung ein Gegengewicht. Man erhebe nicht gegen das Alter der ibräischen Schrift bei den Samaritanern daraus eine Schwierigkeit, daß die Schrift des

genannt worden sei: denn dieser Brief war, wie V. 8—10 besagt, von syrischen Beamten im Namen jener Colonisten abgefaßt, welche von den Persern nach Samarien und ganz Abar-nahra waren versetzt worden: Diese scheinen in der That die aramäische Schrift gehabt zu haben, darum aber brauchten die älteren Bewohner von Samarien nicht ihre angestammte Schrift aufzugeben zu haben. Und als von Menasseh's Zeiten an die von den Juden für Abkömmlinge der Heiden erklärten Samaritaner sich auf jede Weise als die echten Ibräer documentiren wollten, war natürlich an ein Aufgeben der altibräischen Schrift gegen die junge des Esra noch viel weniger zu denken; da sie jedoch in möglichst Vielem den Juden nachäfften, künstelten sie deren Quadratschrift gegenüber soviel an ihrem Ibri herum zum Gebrauch ihrer Torarollen, daß aus ihm die verkünstelte samaritanische Schrift wurde.

§ 10.

Nun aber hieß die aramäische Sprache und Schrift auch die assyrische, wie denn (vgl. früh. Gesch. 306) das Ländergebiet des babylonischen Reiches von den Juden zuweilen und noch viel öfter von den Hellenen Assyrien genannt wurde: daher nennt Athenäus 12, 7 die Inschrift auf dem Grabe des Sardanapal einmal chaldäisch, ein anderes Mal assyrisch wie Arrian 2, 5; die Namen der Völker, welche Darius mit sich in den Krieg führte, ließ Derselbe nach Herod. 4, 87 am Bosporus in zwei Säulen eingraben, auf die eine kamen Ἀσσύρια γράμματα, auf die andere hellenische; Briefe, welche der persische König an die Lakedämonier geschrieben hatte, waren nach Thuk. 4, 50 in Ἀσσυρίοις γράμμασι geschrieben. Statt „assyrisch" wurde später oft „syrisch" gesagt, und daher lassen auch Diodor 19, 23 und Polyän 4, 8, 3 einen falschen Brief, welchen Eumenes als von dem Satrapen Armeniens geschrieben bei seiner aus so mancherlei vorderasiatischen Völkern zusammengesetzten Armee herumgehen ließ, συρίοις γράμμασι geschrieben sein; desgleichen nannten ihre älteste Schrift die Araber Suri, die Aethiopen die Surianische. Der Name der aramäischen Schrift als der assyrischen war daher wohl auch in Judäa bekannt, und unmerklich wurde er auch auf die aus ihr entwickelte Quadratschrift übertragen; zu dieser hatte zwar auch die palmyrenische mitgeholfen, jedoch vermuthe ich, daß letztere als eine bloße Abart der aramäischen ebenfalls wie diese die assyrische genannt wurde. Da nun die Sage von einer Umwandelung der Schrift wußte, so deutete man später jenen Namen daraus, daß sie aus Assyrien mitgebracht worden sei; daß wir hierin eine bloße Deutung vor uns haben, nicht eine Tradition, zeigt Rabbi's abweichende Erklärung und der Umstand, daß nicht gesagt wurde, sie sei „aus Babel" oder „aus der Gola" mitgebracht worden, wie hinsichtlich anderer Dinge oft, während unter den Exulanten von Aschur immer die altassyrischen verstanden wurden, und daher niemals sonst gesagt stehet, daß etwas Exilisches „aus Aschur" gebracht worden oder gekommen sei. Hatte man aber einmal die Quadratschrift mit dem Exil in Verbindung gebracht, so war es natürlich, daß man Esra dabei eine hervorragende Rolle zuwies, den die späteren Juden (vgl. Seder-olam K. 29) irrigerweise nur 24 Jahr nach dem Exil ansetzten und als um die Schreibung der Tora sehr verdient kannten.

§ 11.

Noch ist hier Einiges über die Finalbuchstaben zu sagen. Die talmudischen Angaben über sie sind im 25. Excurs § 2, eine samaritanische oben zu Ende von § 1 mitgetheilt. Ich finde diese Endbuchstaben im engsten Zusammenhange mit den schon mehrmals erwähnten Ligaturen. Letztere sind dem Phönizischen, also dem Alt=, und auch dem Neubabylonischen fremd, dagegen das Palmyrenische hat sie. Ihr Aufkommen läßt sich nicht aus dem Bestreben erklären, zum Zwecke schnelleren Schreibens die Buchstaben aneinander zu hängen wie z. B. im deutschen Cursiv, dem widerstrebt die ganze Formation der semitischen Buchstaben: sondern bloß aus dem Verlangen, da man noch keine Wortabtheilung kannte, die Zusammengehörigkeit der Buchstaben zu einem Worte durch diese Verbindung auszudrücken, und wahrscheinlich gab man ursprünglich dem letzten Buchstaben eines Wortes keine Ligatur. Aber diese Schreibweise hat ihre Schwierigkeiten: manche Buchstaben wären durch die Ligatur unkenntlich oder wenigstens undeutlich geworden, solchen durfte man sie gar nicht oder höchstens in so kleinen Uebergängen anfügen, daß sich das Auge allmälig daran gewöhne; und die Formen wieder anderer Buchstaben wiesen geradezu die Ligatur zurück. Aus diesen Ursachen erklärt sich die ganze Art und Weise der palmyrenischen Ligaturen hinlänglich. Als nun die Quadratschrift gebildet wurde, nahm man für dieselbe aus dem Palmyrenischen manche Ligaturen auf (vgl. § 7 n. 5); und selbst auf das Ibri scheint die Bekanntschaft mit ihnen noch influirt zu haben, denn das maccabäische א, נ, מ und ש haben deren. Aber entweder kannte man ihre Bedeutung nicht, und suchte daher neben ihnen dem Mangel einer Wortabtheilung durch Bildung von Finalbuchstaben abzuhelfen, oder manche Soferim nahmen palmyrenische Ligaturen an, andere wollten Finalbuchstaben bilden. Natürlich hatte es wiederum seine Schwierigkeiten, theils überhaupt Endbuchstaben zu bilden, ohne den Charakter der Buchstabenform zu verwischen, theils das Volk an die erfundenen zu gewöhnen: man hatte es erst mit fünfen gewagt oder durchgesetzt, als man endlich auf die Wortabtheilung *) verfiel oder sie anderswoher kennen lernte; gleichwohl behielt man jene bei neben der jetzt angenommenen Wortabtheilung, gleichwie die nun eben so überflüssigen Ligaturen, an welche man sich ebenfalls einmal gewöhnt hatte. Uebrigens hatte bloß das מ eine mehr selbständige Form erhalten, die übrigen 4 wurden als Endbuchstaben sehr glücklich durch Verlängerung des Fußes ausgezeichnet. Die LXX übersetzten aus Manuscripten, die unsere Finalen noch nicht hatten, vgl. Frankel's Vorstudien S. 213.

*) sie findet sich auf der Inschrift von Carpentras und in dem Turiner Pappyrusfragment, doch ist deren Alter noch nicht ermittelt worden.

III.

Ueber die Entstehung des biblischen Kanons.*)

§ 1.

Seite 49 und 50 im II. Bande meiner Geschichte habe ich angenommen, daß gleichwie vor dem Exil der Pentateuch lange Zeiten neben der heiligen Lade aufbewahrt, so in dem zweiten Tempel gewiß gleich Anfangs wieder eine Abschrift desselben, jedoch nunmehr in einer Zelle des Vorhofes, niedergelegt wurde. Ich bemerke dazu hier noch: Es ist dies an sich so wahrscheinlich, daß wir es uns nicht erst daraus zu beweisen brauchen, daß nach Nech. 8, 1. 2 das am Wasserthore am Kidron versammelte Volk Esra aufforderte, eine Tora zu bringen, und er dieses that, dagegen ib. 9, 1—4, wo von einer Versammlung und Toravorlesung im Tempelvorhofe erzählt wird, vom Holen und Bringen der Tora keine Rede ist. Auch ist nicht die Lesart ספר עזרא in Möd-katan 3, 4 dagegen, als wäre nämlich die im Talmud öfter erwähnte Tempeltora ein Autographon des Esra gewesen, denn wäre diese Lesart auch nicht so höchst unsicher, wie ich I. 128 meiner späteren Geschichte gezeigt habe, so würde sie doch nicht zu dem Schlusse berechtigen, daß Esra zuerst nach dem Exil eine Tora in den Tempel gegeben hätte: er könnte ja die in ihm schon vorhandene bloß gegen ein correcteres Exemplar von seiner Hand vertauscht haben, und ich vermuthe auch, daß er dies gethan hat, ohne aber hiefür jene Lesart geltend zu machen. Nach Taanit jer. 4, 2 fand man in der Asara sogar 3 Exemplare der Tora, doch hiermit das „Buch der Asara" in Verbindung zu bringen erlaubt Joma 7, 1 nicht. Das nach bell. Jud. 7, 5, 5 bei dem Triumphe des Titus miteinhergetragene „Gesetz der Juden" war vermuthlich kein gewöhnliches Exemplar, da Josephus nach seiner vita § 75 sich vom Titus die heiligen Schriften ausbat, sondern wohl das erbeutete „Buch der Asara".

§ 2.

Indem ich nun Ewald's Meinung, daß Malachi die Propheten gesammelt habe, als eine durchaus willkührliche abweise, wollen wir sogleich uns zu 2 Macc. 2, 13 wenden. Ihm zufolge hätte Nechemja, um eine Bibliothek zu gründen, zusammengebracht τὰ περὶ τῶν βασιλέων καὶ προφητῶν καὶ τὰ τοῦ Δαυιδ καὶ ἐπιστολὰς βασιλέων περὶ ἀναθημάτων. Diese Nachricht gehört einem Briefe an, dessen Echtheit im 18. Excurs § 2 nachgewiesen wurde. Seine Abfasser, das Synedrium, sowie daß diese Nachricht aus einer älteren Schrift genommen sein soll, welche der Zeit des Nechemja noch gar nicht so sehr fern gestanden haben kann, da von ihm bis zur Abfassung selbst des Briefes nicht einmal 300 Jahre verflossen; ferner die Nothwen-

*) 22. Excurs meiner Geschichte.

digkeit, daß in dieser Zeit eine ähnliche Sammlung veranstaltet worden sei; auch daß diese Sammlung Nechemja zugeschrieben ist, nicht dem Esra, worauf die Dichtung gewiß eher verfallen wäre; endlich die Unwahrscheinlichkeit, daß ein Späterer, wenn er überhaupt die ganze Nachricht erdichtet, nicht noch mehr als diese wenigen Schriften der Sammlung des Nechemja zugeschrieben hätte: alles dieses zusammen vindicirt der Nachricht eine Glaubwürdigkeit, welche nicht dadurch erschüttert werden kann, daß neben ihr sowohl in der älteren Schrift, welcher sie entlehnt ist, als auch in dem Briefe, in den sie überging, Legenden mitgetheilt waren.

Sehen wir aber nach, was diese Sammlung enthielt. Ursprünglich glaubte ich, daß τὰ περὶ τῶν βασιλέων die Bücher Schmuël und der Könige bezeichne, welche bei den LXX mit vielem Rechte zusammen die Bücher der Könige heißen, aber die Bücher Josua und der Richter schon vor Nechemja mit dem Pentateuch zusammengestellt gewesen wären, und hiervon eine Spur noch in der Notiz Schabbat 116, a erhalten sei, daß man einst 7 Bücher der Tora gezählt habe, denn „die Theilung des 4. Buches Moscheh's in drei, von welchen das mittlere nur 2 Verse enthalten habe", ist doch gar zu abgeschmackt. Allein da die Zerlegung der „ersten Propheten" in mehrere Bücher erst viel später geschehen sein muß, wie wir § 8 sehen werden, so gab ich diese Erklärung gegen die auf, daß einst unsere „ersten Propheten" zusammen das Buch der Könige hießen: sie waren ja ursprünglich eine zusammenhängende Compilation, wie im 2. Ercurs § 9 gezeigt ist, und konnten das Buch der Könige sowohl a potiori heißen, weil was in ihnen von den Königen handelt, von 1 Sam. 8 an, ganze zwei Drittel von ihnen einnimmt, als auch weil, wenn man nach einer Gesammtbenennung suchte, diese insofern sehr passend erscheinen konnte, als ja auch Jehoschua und die Richter gewissermaßen Könige waren, als welche sie auch im samaritanischen Josua figuriren, oder gleichwie Philo I. 379 Schmuël den Größten der Könige und Propheten genannt hat; auch konnte damals noch nicht von den ersten Propheten der letzte Theil allein das Buch der Könige heißen, denn er bestand noch gar nicht für sich, und wenn daher 2 Chron. 24, 27 ein „Midrasch des Buches der Könige" citirt ist, so könnte darunter sehr wohl eine Nachlese grade zu unseren ersten Propheten verstanden worden sein. Vielleicht ist für meine Auffassung auch noch dies geltend zu machen, daß dann 2 Macc. 2, 13 die jüdische Geschichte, die Propheten und die Psalmen in derselben Aufeinanderfolge genannt sind, welche sie später hatten. — Ferner ist kein Grund vorhanden, weshalb wir annehmen sollten, daß nicht hier unter den Propheten alle 15 der späteren Bibel zu verstehen seien, also auch die drei nacherilischen und Jona; das Büchlein Jona konnte damals schon 50—70 Jahr alt sein und für noch viel älter oder gar für eine Schrift des Jona selbst gehalten werden, vgl. indessen hierüber § 4. Allein von diesen 15 Schriften erhielten die wenigsten durch die Hand ihrer Verfasser ihre jetzige Redaction, und da es unwahrscheinlich ist, daß diese erst nach ihrer Aufnahme in Nechemja's Sammlung erfolgt sei, so muß sie gleichzeitig mit dieser Aufnahme oder früher stattgefunden haben: das Erstere ist um so leichter anzunehmen, als dem Nechemja schon zahlreiche Soferim zur Seite standen; doch soll hiermit keineswegs geläugnet werden, daß gar Manches, worin die definitive Recension von der ursprünglichen des Verfassers abweicht, schon von früheren Abschreibern und Zufällen herrühren mag. — Daß unter τὰ τοῦ Δαυίδ, werden kann, und zwar nur der 2. bis zum 50., ist im 20. Excurs § 4 nachgewiesen. Endlich „die Briefe der Könige περὶ ἀναθημάτων" beziehe ich auf einzelne Schreiben, in welchen irgendwie die Munificenz der persischen Könige gegen die Juden sich bethätigt hatte, und die wir theils wörtlich mitgetheilt, theils benutzt finden in Esr. 1, 1—4. 9—11. 3, 7.-6, 3—5. 6—12. 7, 12—26. Nech. 2, 8. Pseudo-Esra 4, 47—57. ant. 11, 4, 9, auch vgl. 1 Macc. 1, 22 und dazu früh. Gesch. 493; und solcher Schreiben mag es aus den hundert Jahren, welche damals die Juden schon unter den Persern standen, noch mehr gegeben haben. Es ist dabei festzuhalten, daß das Wort ἀναθημάτων mit seinem eingeschränkten Sinne von Weihgeschenken erst von dem griechischen Uebersetzer herrührt, im Original stand ohne Zweifel dafür das umfassendere Wort nedabot oder ein verwandtes. — Die Frage, warum Nechemja damals nicht noch mehr schon vorhandene Schriften in die Tempelbibliothek aufnahm, hat ihre Beantwortung II. 51 meiner Geschichte erhalten.

§ 3.

Das Wesen der damals vorgenommenen Redaction habe ich ebendaselbst u. w. dargestellt, ohne jedoch dabei von der Angabe Baba-batra 15, a Gebrauch zu machen, daß die Männer der großen Synagoge Jecheskel, die 12 kleinen Propheten, Danijel und Ester „geschrieben" hätten. כתב hat in dieser Stelle einen vielfachen Sinn. Bald bedeutet es: ein mündlich Ueberliefertes niederschreiben, wie daß Mosche sein Buch geschrieben habe, da doch der Ref. dasselbe gewiß nicht für menschlichen Ursprunges hielt; oder daß Mosche Bilam's Abschnitt geschrieben habe, welche Behauptung augenscheinlich einen apologetischen Zweck hat. Bald: ein Sammeln aus mündlichem oder schriftlichem Umlaufe, wie daß Chiskija die Sprüche, das hohe Lied, Kohelet und Jeschaja geschrieben habe; bald: ein wirkliches Abfassen, wie daß Jehoschua und Jirmeja ihre respectiven Bücher geschrieben hätten; bald endlich: ein Eintragen in den Kanon, nämlich in der mitgetheilten Angabe, daß die große Synagoge Jecheskel, die 12 kleinen Propheten, Danijel und Ester geschrieben hätte. Von Ester wird dieses ihr auch Megilla jer. 1, 5 zugeschrieben, der Grund dafür aber war: in den Kanon, deren Existenz man ohne Weiteres schon für sehr frühe Zeiten annahm, schienen gleichwohl die 9 vorexilischen von den kleinen Propheten nicht vor dem Exil aufgenommen worden zu sein, denn sonst hätte man sie nicht hinter Jirmeja gefunden; die übrigen 5 und Jecheskel, Danijel, Ester waren gar erst in und nach dem Exil geschrieben: wer nun anders sollte diese alle aufgenommen haben, als „die große Synagoge"? Diese Notiz hat also keinen geschichtlichen Boden, und spricht zudem gar nicht von einer Redaction der genannten 4 Bücher. — Daß übrigens katab so vielerlei Bedeutungen haben könne, als worin wir zuvor es gebraucht sahen, ist daraus zu erklären, daß die Alten diese verschiedenen schriftstellerischen Thätigkeiten nicht scharf schieden; die gleichzeitige Aufnahme von 15 Schriften in den Kanon war zudem nicht übermäßig verschieden von der compilatorischen Schreibweise des Chronisten und Anderer in jener Zeit; auch der Ausdruck Megilla 7, a Ester sei vom heiligen Geiste dictirt, um gelesen, nicht aber um geschrieben zu werden, und die Diskussion Joma 29, a, ob Ester zum Schreiben ober nicht dazu gegeben worden sei, setzen es außer Zweifel, daß katab zuweilen bedeuten sollte: in den Kanon aufnehmen.

§ 4.

Nun entstand nach Nechemja noch eine Anzahl von Schriften, aber von einer später veranstalteten Sammlung derselben oder der noch nicht aufgenommenen älteren lesen wir nirgend, denn daß 2 Macc. 2, 14 nicht von einer solchen die Rede sei, wurde im 18. Excurs § 3 dargethan. Gleichwohl fehlt es uns nicht an Andeutungen, aus welchen die fernere Geschichte des Kanons einigermaßen zu ermitteln ist.

Zuvörderst ist hier nochmals auf das Büchlein Jona zurückzukommen. Denjenigen, welche seine Abfassung nach Nechemja ansetzen oder glauben, daß Dieser es wenigstens noch nicht mit aufgenommen haben könne, darf nicht seine Stelle im Kanon entgegengehalten werden, denn Baba-batra 14, b zeigt, daß selbst Jeschaja, und dazu noch viel später, eine Umstellung erlitten hat; es könnte daher wohl den von Nechemja gesammelten Propheten angehängt und nachmals an seinen jetzigen Platz gestellt worden sein. Ja dafür, daß Jona erst spät seine jetzige Stelle erhalten habe, ließe sich anführen, daß es Taanit 15, a von der Mischna nicht zur „Kabbala" gerechnet, und Bemidbar-rabba K. 18, Tanchúma 68, c gesagt ist, Jona gehöre zwar zu den 12 kleinen Propheten, stehe aber doch für sich, wozu gut stimmen würde, daß sein Targum schwerlich von Jonatán herrührt, denn Dieser, ein Paläftinenser, würde doch wohl nicht 2, 6 von dem zu Joppe eingeschifften Jona gesagt haben, das Jam-suf decke den ins Meer Geworfenen; die Erklärung Raschi's zu Taanit 15, a, Jona gehöre als ein Schriftchen historischen Inhaltes nicht zur Kabbala, hat gegen sich, daß ja doch die „ersten Propheten" dazu gehören. Doch müssen auch Jene zugeben, daß es noch vor Sirach aufgenommen wurde, denn Sir. 49, 10 geschieht nach Jirmeja und Jecheskel der „zwölf Propheten" Erwähnung.*)

Ferner, Sirachs Enkel spricht in seinem Vorworte davon, daß „vom Gesetz und den Propheten und Anderen, die auf sie gefolgt wären (ἠκολουθηκότων)", viel Schönes aufgestellt worden sei, sowie daß sein Großvater dem Studium „des Gesetzes und der Propheten und der übrigen vaterländischen Schriften" sich hingegeben habe, und im Verfolg erwähnt er noch einmal „das Gesetz, die Prophetien und die übrigen Bücher". Sicher finde ich hierin noch keineswegs die Eintheilung, nach welcher die Psalmen, die Sprüche u. f. w. in eine 3. Abtheilung des Kanons gewiesen worden sind: es könnten nämlich, und müßten sogar, wenn wir das Perfectum ἠκολουθηκότων urgiren, unter den Schriften seiner 3. Klasse nur die verstanden

---

*) Zwar erklärt Bretschneider diesen Vers für unecht, allein wer die „12 Propheten" eingeschoben hätte, hätte auch Esra und andere Heroen interpolirt, und das Hauptargument für seine Unechtheit: die Singulare παρεκάλεσε und ἐλυτρώσατο (wegen deren Anstößigkeit der codex. Alex. beide Male den Plural vorziehet, die Complutensis gar beide Singularfätzchen ausläßt, Bretschneider aber lieber das Sätzchen über die 12 Propheten verwirft und also die beiden Singularfätzchen noch auf Jecheskel beziehet), ist viel ansprechender durch die Annahme zu beseitigen, daß beide Singulare sich auf Gott beziehen, grade wie auch der Vers vorher nur dann

werden, welche später als die prophetischen abgefaßt worden wären, dagegen die Psalmen, die Sprüche, Ziob, die Klagelieder, auch das hohe Lied und Kohelet, falls sie schon aufgenommen waren, schon von Sirach wie nach II. 19 meiner Gesch. von Späteren noch zu den prophetischen Schriften gezählt worden sein.

Jedenfalls indessen gehörten nach Philo II, 475. schon geraume Zeit vor Diesem die Psalmen zu der 3. Abtheilung des Kanons; und daß Jonatan bloß die „ersten und letzten Propheten" übersetzt hat, macht es wahrscheinlich, daß nur sie schon eine Zeitlang vor ihm die 2. Abtheilung bildeten: wie kam man zu dieser Klassification? und ferner, warum stellte man Danijel nicht unter die Propheten? Ich erkläre mir dies so: Ester, die chronistische Compilation, welche Esra und Nechemja mitumfaßte, und Danijel müssen insgesammt schon wegen ihrer Jugend spät aufgenommen worden sein. Ehe dies geschah, als die Sammlung des Nechemja erst durch die Sprüche, Ziob, die Klagelieder, höchstens auch schon durch das hohe Lied und Kohelet vermehrt worden war, mußte man fühlen, daß diese Schriften und die Psalmen — nicht etwa von einem anderen Geiste eingegeben waren, man unterschied nicht zwischen dem prophetischen und heiligen Geiste, wie ich a. a. O. gezeigt, wohl aber — nach Inhalt und Form ganz anderer Art als unsere „ersten und letzten Propheten" waren, ja unter sich eine eigene, wenn auch schwer bezeichenbare Verwandtschaft haben. Dazu kam, daß man aus ihnen keine Haftaren nahm, eben ihr Inhalt eignete sich nicht dazu, worüber ich den 24. Excurs § 30 nachzulesen bitte. Beides drängte dahin, diese Schriften für sich zu klassificiren und von den „Propheten" zu trennen, welche hierdurch unabsichtlich einen Abschluß erhielten. Erst als diese Scheidung schon eingewurzelt war, wurden allmälig Danijel, Ester und die Chronik mit Esra und Nechemja hinzugefügt, und darum Danijel nicht zu den „späteren", Ester und die Chronik nicht zu den „ersten Propheten" hinaufgerückt, sowie nicht zu Haftaren herangezogen, obgleich ihr Inhalt wohl dazu tauglich war.

§ 5.

Wann hierdurch der Kanon zu seinem heutigen Umfange vervollständigt worden sei, ist nicht zu ermitteln, doch muß es um Christi Geburt längst erfolgt gewesen sein, denn bereits Philo citirt I. 525 aus der übersetzten Chronik, und Josephus läßt contra Ap. 1, 8 ihn 22 Bücher umfassen, indem er ohne allen Zweifel noch Rut zum Buche der Richter, die Klagelieder zu Jirmeja, und Nechemja zu Esra zog, konnte aber im Verfolg nicht meinen, daß diese Sammlung schon seit Artaxerxes I. so vollständig gewesen sei, wenn sie es nicht wenigstens schon seit unvordenklicher Zeit gewesen wäre.*) Hiervon darf man sich nicht dadurch abbringen lassen, daß nach Schabbat 13, b. Menachot 45, a zur Zeit des Chananja ben Chiskija ben Garon, als die Schulen des Schammai und Hillel blüheten, Jecheskel in Gefahr war, „ver-

---

* Es möchte hiernach nicht gewagt sein, anzunehmen, daß um 100 v. Chr. Danijel, Ester und die Chronik schon aufgenommen waren: hieraus aber würde folgen, wenn anders die in § 4 entwickelte Ansicht richtig ist, daß die Bildung einer 3. Abtheilung des Kanons aus den Psalmen, den Sprüchen u. s. w. denn doch schon vor Sirachs Enkel erfolgt ist.

borgen zu werden", oder daß nach Schabbat 30, b Kohelet und die Sprüche in derselben Gefahr waren, oder nach Edujot 5, 3 in den genannten Schulen darüber gestritten wurde, ob Kohelet „die Hände verunreinige", welche Eigenschaft man grade den heiligen Schriften zuerkannte, damit sie nicht zu Eßwaaren gelegt und von Mäusen angefressen würden, oder daß nach Jadajim 3, 5 noch zwei Generationen später darüber gestritten wurde, ob das hohe Lied und Kohelet die Hände verunreinigen, und nach Megilla 7, a dieser Streit damals auch auf Ester ausgedehnt wurde. Denn grade die Gefahr, welche dem Jecheskel und den Sprüchen drohete, und was unten*) über das hohe Lied gesagt worden ist, zeigt beides klar, daß es sich darum handelte, nicht ob man neuerdings Bücher aufnehmen, sondern ob man längst aufgenommene aus erheblichen Gründen wieder ausscheiden sollte, Jecheskel wegen Widersprüche mit dem Pentateuch, Ester wegen seines Mangels an allem Religiösen, Kohelet und die Sprüche nach Schabbat 30, b wegen innerer Widersprüche, beide auch und das hohe Lied nach Abot R. Natan K. 1 weil sie bloße meschalot enthielten, welcher Vorwurf wohl denselben Sinn haben soll wie der in Tosifta Jadajim K. 2 und Megilla 7, a, daß Kohelet bloß salomonische (aber nicht göttliche) Weisheit enthalte, obwohl ich glaube, daß man aus diesem Grunde bloß die Sprüche beanstandet habe, dagegen Kohelet wegen mancher bedenklichen Aeußerungen in ihm, wie schon **Wajikra-rabba** K. 28 und Midrasch-Kohelet 82, c gesagt ist, und das hohe Lied wegen seiner erotischen „Einkleidung". Solche Beanstandungen einzelner Bücher müssen bei der zunehmenden Strenge in Glaubenssachen noch öfter vorgekommen sein, als wir berichtet lesen, ich bezweifele aber, daß in Folge ihrer jemals wirklich ein schon in den Kanon aufgenommenes Buch wieder daraus entfernt worden ist; die Pietät gegen alte oder für alt gehaltene Schriften konnte es niemals an versöhnenden Ausflüchten fehlen lassen. Wenn aber in Abot R. Natan K. 1 gesagt ist, die Sprüche, das hohe Lied und Kohelet seien wirklich „verborgen worden", bis die große Synagoge das Befremdliche in ihnen gedeutet und ihre Clausur aufgehoben hätte, so darf wohl behauptet werden, daß eine so junge Nachricht gegenüber jenen abweichenden älteren keinen Glauben verdient.

Ebensowenig läßt sich deshalb, weil Baba-kamma 92, b Rabba bar Mari im 4. Jahrhundert בכתובים מפורש von einem Verse sagt, der nicht in unseren Hagiographen, ähnlich aber Sir. 13, 15 sich findet, die endliche Feststellung der Hagiographen noch tiefer hinuntersetzen. Denn bereits in einer Baba-batra 14, b mitgetheilten Boraita, die als solche nicht jünger als 220 n. Chr. sein kann, erscheinen die Hagiographen völlig zu ihrem heutigen Umfange abgeschlossen, und was namentlich Sirach betrifft, wird in der Tosifta Jadajim K. 2 erklärt, daß Sirach und alle nach ihm verfaßten Schriften „die Hände nicht verunreinigen", desgleichen hat nach Synedrin 100, b der hochangesehene R. Josef, kaum eine Generation vor jenem Rabba, Sirach zu den verbotenen Schriften gezählt, dasselbe ist ib. jer. 11, 1

---

*) Dieses kann nur wegen seines Befindens im Kanon mystisch ausgelegt worden sein, und doch wurde nach Jadajim 3, 5 in derselben Zeit, als schon R. Akiba dasselbe „allerheiligst" nannte und den Tag seiner Abfassung für den würdigsten der Welt erklärte, als es also gewiß schon längst zu den heiligen Schriften gezählt wurde, noch darüber Beschluß gefaßt, ob es die Hände verunreinige.

geschehen, und Hieronymus, ein Zeitgenosse jenes Rabba, bezeugt ausdrücklich, daß die Juden Sirach nicht für kanonisch halten. Vielleicht hat Rabba den Vers nicht direct aus Sirach, wo er auch nicht wörtlich steht, sondern aus dem mündlichen Umlauf entnommen und für den Augenblick geglaubt, er stehe in den salomonischen Sprüchen, wie es denn bekanntlich im Talmud nicht an ähnlichen ungenauen Citaten fehlt; ferner war die von ihm gebrauchte Redeweise: „es steht in der Tora, und ist wiederholt in den Propheten, und zum dritten Male gesagt in den Ketubim" eine so geläufige, daß er auch wohl ihr zuliebe die diesmal nicht recht zutreffende Bezeichnung Ketubim auf Sirach angewandt haben könnte; endlich würde daraus, daß man angefochtene, aber doch vielgelesene Schriften zuweilen Ketubim genannt hätte, durchaus noch nicht folgen, daß man deshalb sie mit den kanonisirten vermengt habe.

§ 6.

In unserer patristischen Literatur findet sich die Bezeichnung Ketubim für die Hagiographen zuerst bei der Beschneidung des sogenannten Acher Chagiga jer. 2, 1 gebraucht, dann von R. Elasar ben Arach Abot R. Natan K. 14, sicherer Jadajim 3, 5 von R. Akiba und Wajikra-rabba K. 16 von seinem Schwiegersohne ben-Asaf, also zu Ende des 1. oder im Anfang des 2. Jahrhunderts. Sie hießen nicht so als die in den Kanon „eingeschriebenen", denn sonst müßten auch die Propheten dazu gehören, und ebensowenig weil man aus ihnen vermittelst der Formel ka-katub citirt oder sie der mündlichen Tradition entgegengesetzt hätte, denn Beides war auch mit der Tora und den Propheten der Fall, sondern wahrscheinlich hießen nach Nechemja alle von ihm nicht aufgenommenen „Schriften" so*), im Gegensatz zu den Kithbe-kodesch, und in derselben anspruchslosen Kategorie von Ketubim gehörten dann stillschweigend auch später verfaßten, nicht bloß die später noch kanonisirten, sondern auch Sirach, Tobija, die maccabäischen u. s. w. Als daher später ein Theil dieser Ketubim noch kanonisirt wurde, war man nicht sogleich über den ihm zu ertheilenden Namen einig: Einige faßten ihn noch lange mit den Propheten als „Propheten" oder unter der Bezeichnung Kabbala zusammen, wofür ich II. 19 zahlreiche Belege gegeben habe; Andere sagten dafür Tehillim, weil er mit den aus Nechemja's Sammlung herabgezogenen Psalmen begann, weshalb die Hagiographen Philo II. 475 ὕμνοι, und Luk. 24, 44 Ψαλμοί heißen", aber seltsam ist, daß in keiner von den § 9 anzugebenden alten Weisen, die biblischen Bücher auf einander folgen zu lassen, die Psalmen an der Spitze der dritten Abtheilung geblieben sind; von noch Anderen wurde auf letztere nun der Name Ketubim restringirt, und sämmtliche noch jetzt nicht aufgenommenen erhielten allmälig die Benennung ספרים חיצונים, der „äußeren" d. h. außerhalb des Kanons gelassenen Schriften, gleichwie die nicht in die Mischnasammlung aufgenommenen Mischnajot Bemidbar-rabba K. 18 und Tanchuma 68, c Mischna hachizona oder auf Aramäisch ברייתא hießen. Wenn wir aber Synedrin 90, a lesen, R. Akiba habe Denen, welche in diesen Sefarim chizonim lesen, die Seligkeit abgesprochen, und hierunter nach

---

*) Sota 7, b ist sogar für „alte Schriften", worunter man zunächst die Genesis verstehen sollte, gesagt: „die ersten Ketubim", und Sifré par. (Debarim) ist unter

ib. jer. 10, 1 Bücher wie Sirach und das eines uns nicht bekannten ben La'na, dagegen nach ib. 100, b die Bücher der Zedukim zu verstehen sein sollen, so ist hierbei Mehreres in Anschlag zu bringen. Schon unsere Hagiographen, obwohl man sie für heilig hielt (vgl. Jadajim 3, 5) und zuweilen nicht nur zu den Propheten rechnete (vgl. nochmals II, 19), sondern selbst zur „Tora" z. B. Synedrin 37, a. 91, b, wollte man doch nicht am Sabbat vor Mincha lesen lassen, weil sonst „dem Lehrvortrage Abbruch geschehen wäre (vgl. Schabbat 115, a. ib. jer. 16, 1); ebenso sah man das Lesen von Uebersetzungen der heiligen Schriften ungern (vergl. ib. ib.), vermuthlich weil dabei die Kenntniß des Ibräischen immer unnöthiger erschienen wäre, doch schielt hier auch schon die Besorgniß durch, daß sie nicht ganz getreu wären oder bei wirklicher Treue nicht die soferische Deutung des Gesetzes wiedergäben; noch mehr Furcht, daß etwas Bedenkliches gar miteingelaufen sei, hegte man in Betreff der Aggadaschriften, weshalb gegen sie in der letzten Stelle ein starkes Interdict ausgesprochen ist; zu ihnen rechnete man entweder die Apokryphen, oder stellte doch beide auf gleiche Stufe, daher Synedrin 100, b R. Josef hinzufügen konnte, auch Sirach solle man nicht lesen; und vollends den ketzerischen Schriften, als welche in jenen beiden Stellen und schon Tosifta Schabbat K. 14 die Evangelien und Schriften der Minim angeführt sind, war man so abhold, daß man trotz der häufigen Erwähnung Gottes und biblischer Stellen in ihnen befahl, sie bei einer Feuersbrunst nicht zu retten. Es könnte daher wohl sein, daß R. Akiba überstrenge alle Schriften von den Hagiographen abwärts verpönt habe; doch wäre es auch möglich, daß er nur die letzte Gattung gemeint, und chizonim in dem Sinne von „heterodox" gebraucht hat, in welchem wir es Mogilla 24, d wiederfinden. Als deuterokanonische Schriften könnten wir hiernach diejenigen Uebersetzungen, Aggadot und Apokryphen bezeichnen, welche die strenge Censur jener Jahrhunderte bestanden hatten; aber ihr legatur beruhte nicht auf einem feierlichen Beschlusse, und noch weniger wurden sie zu einem abgeschlossenen secundären Kanon zusammengefaßt, weshalb noch oft vom Neuen an ihnen gemäkelt und, je nach der Ansicht einflußreicher Gottesgelehrten, die einzelne Schrift bald verboten, bald bedingungsweise freigegeben, bald selbst gelobt wurde. Sehr bezeichnend in dieser Beziehung ist, daß Synedrin 100, b Rab Josef das Gute im Sirach auszubeuten erlaubte, nachdem er kurz vorher das Lesen darin (wahrscheinlich bloß dem zu unterscheiden unfähigen Volke) verboten hatte, sowie die Erklärung des Midrasch - Kohelet 116, a: „wer mehr als die 24 Bücher in sein Haus bringe, bringe sich Unruhe hinein, z. B. durch Sirach und das Buch eines ben-Tigla, in ihnen dürfe man lesen, aber nicht sich abmühen". Mit der Zeit aber hatte diese Censur den Erfolg, daß die gemißbilligten Schriften ganz aus dem Gebrauche der Juden schwanden und am Ende ihnen gar nicht mehr bekannt waren: hierdurch verlor die Benennung chizonim ihren gehässigen Sinn, und es wurden daher im Jalkut I. § 855 die deuterokanonischen Schriften sowie von den Tosafisten (vgl. die zu Berachot 18, a. Pesachim 40, a) Semachot, die Pesikta, Soferim und überhaupt die apokryphischen Tractate des Talmuds harmlos Sefarim chizonim genannt.

Daß man aber jene ganze Literatur „Apokryphen" nannte, scheint daher zu kommen, daß allerdings die unliebsamen Schriften „verborgen" (גנז), nämlich dem Umlauf entzogen wurden, vgl. Schabbat 13, b. 30, b. 115, a. Tosifta Schabbat

eine aramäische Uebersetzung des Ijob sogar mit einmauern ließ; die Bedeutung „unecht, untergeschoben" war wohl nicht die ursprüngliche des Wortes, sondern erst von der Beschaffenheit mancher Apokryphen abgeleitet, und gezwungen gar ist die Annahme, daß diese Bezeichnung von den Geheimschriften einiger Sekten entlehnt sei.

§ 7.

Wir müssen aber noch einige Punkte des Kanons selbst besprechen. Es war natürlich, daß man die von Nechemja gesammelten „Briefe der Könige über Gnadenerweise", die von Anfang an sich nicht zur Aufnahme in seinen Kanon eigneten, auch später wegließ, als man die große chronistische Compilation aufnahm, in welcher sie ober doch die wichtigsten von ihnen verarbeitet waren. Aus demselben Grunde nahm man auch wohl die von dem Chronisten noch benützten und zum Theil abgeschriebenen älteren Quellenschriften nicht auf, wenn sie nicht überhaupt schon während der syrischen Verfolgungen zu Grunde gegangen waren; das Sendschreiben des Mordechai war in das Büchlein Ester übergegangen und durch dieses überflüssig geworden; ebenso durfte man Deutero-Esra neben der chronistischen Compilation als vollkommen überflüssig weglassen, wenn man nicht gar wegen seiner ungeschichtlichen Umstellungen es verwarf; auch hatte man volles Recht, Tobija nicht mit aufzunehmen. Daß aber das treffliche Buch Sirach keine Aufnahme in den Kanon fand, während diese noch dem jüngeren Buche Danijel und vielen jüngeren Psalmen zu Theil wurde, rührt einfach daher, daß man in dieser späten Zeit nur noch Schriften aufnehmen wollte, welche man für älter als den Zeitpunkt hielt, in welchem der heilige Geist aus Jisrael gewichen sei: Danijel nun hielt man für exilisch, die jungen Psalmen aber theils für sehr alt, theils wenigstens für nicht jünger als jenen Zeitpunkt, wie denn die spätere Sage (vgl. die 1. Abhandel. § 3) Chaggaj, Secharja und Malachi-Esra für die jüngsten Psalmisten ausgab; diesen Psalmen kam hierbei ihre Anonymität und der Umstand zu Statten, daß auch die anerkannt jungen unbedenklich in das lewitische Repertorium aufgenommen wurden, ihr Tempelgebrauch aber ihnen zeitig den Stempel des Alterthums aufdrückte, wogegen Sirach sehr junge Abfassung unverhohlen bekannte.

§ 8.

Wir haben in § 4 gesehen, auf welche Weise die Abtheilung der Ketubim sich gebildet habe. Obwohl nun das Unhandliche des damaligen Schreibmaterials gar nicht litt, beide umfangreiche Sammlungen der 2. und 3. Abtheilung auf dieselbe Rolle zu schreiben, und es hieraus sehr begreiflich wäre, wenn man bald jene bald diese als die vordere angesehen hätte, so glaube ich doch nicht, daß es jemals Sitte der palästinischen Juden gewesen ist, die Hagiographen den Propheten voranzustellen. Zwar stehet Rosch-haschana 4, 6, bei den am 1. Tischri zu sagenden Bibelversen fange man an mit denen aus der Tora und schließe mit prophetischen: allein ich vermuthe, daß hier, wie nach den Citaten in II. 19 ziemlich oft, unter den „Propheten" zugleich die Hagiographen verstanden wurden, und wirklich verlangt auch die

Tosifta Rosch-haschana. Æ. 2, daß am 1. Tischri zuerst und zuletzt pentateuchische, in der Mitte aber „prophetische und hagiographische" Verse gesagt werden. Indem dies verkannt und übersehen worden ist, erhielten in unserem Gebetbuche für Neujahr die hagiographischen Verse irrthümlich ihre Stelle vor den prophetischen; woraus aber anders als aus diesem Irrthum die Behauptung Soferim 18, 3 geflossen sein könnte, daß es Regel sei, im Vortrage der Propheten den Hagiographen nachzusetzen, ist nicht gut einzusehen, und es hätte dort nicht als eine Ausnahme hingestellt werden sollen, sondern als ganz der Regel gemäß, daß am 9. Ab zuerst Verse aus Jirmeja und dann Psalmen vorgetragen wurden. Wenn ich aber früh. Gesch. 281 Recht hatte, daß nach Matth. 23, 35 und Luk. 11, 51 es fast scheine, als hätten die Referenten die kleinen Propheten für das letzte Buch im Kanon gehalten, so folgten sie hierin wohl der LXX.

Mit der Zeit aber kam man auf den Einfall, die biblischen Bücher einzeln zu zählen, und hierbei ihrer so viele zu erhalten, als das Alphabet Buchstaben hat, wenn man nur durch Theilung der umfangreichen nachhülfe. Es kann sehr wohl sein, daß dieser Einfall alexandrinischen Ursprunges ist, denn bekanntlich spaltet die LXX unsere kanonischen Bücher in 24 nach Anzahl der Buchstaben im griechischen Alphabet, und wir werden alsbald sehen, daß nachmals die asiatischen Juden auch diese Zahl berücksichtigten; in diesem Falle aber hätten wohl die Juden in Alexandrien diese Eintheilung nach dem Alphabet selber erst von den dortigen Akademikern entlehnt, welche die Ilias und Odyssee in je 24 Gesänge theilten. Von 22 Büchern (da das ibräische Alphabet nur 22 Buchstaben hat) sehen wir daher Josephus contra Ap. 1, 8 reden, und um diese Zahl zu erreichen, geschah es vermuthlich zuerst, daß man die bis dahin zusammenhängende Compilation der „ersten Propheten", desgleichen die chronistische zerlegte, und demzufolge zählte: 1—5) den Pentateuch, der wohl von seiner Abfassung an aus 5 Büchern bestand, 6) Jehoschua, 7) die Richter nebst dem die Richterzeit ergänzenden Rut, 8) Schmuël, 9) die Könige*), 10) Jeschaja, 11) Jirmeja nebst den von ihm verfaßten Klageliedern, 12) Jecheskel, 13) die kleinen Propheten, die man sowohl wegen ihrer Kleinheit beisammenließ, als auch weil für ihre besondere Zählung das Alphabet nicht zulangte, 14) die Psalmen, 15) die Sprüche, 16) Job, 17) das hohe Lied, 18) Kohelet, 19) Ester, 20) Danijel, 21) die Chronik,

---

*) Doch begünstigen die LXX die Vermuthung, daß man Schmuël und sie vorläufig noch als 1. und 2. Buch der Könige nannte, wie denn noch in späten Handschriften beide oft ungetrennt stehen. Es wäre nicht unmöglich, daß, indem dergestalt der Titel „des Buches der Könige" nicht mehr wie früher (vgl. § 2) Jehoschua und die Richter mitumfaßte, diese beiden, ehe sie ihre späteren Namen erhielten, zuweilen zu der Tora gezogen wurden, freilich nur als namenloser nächster Anhang, und so Anlaß gaben, von einem Heptateuch zu reden, denn die Meinung Schabbat 116, a, daß das 4. Buch Mosis in 3 zerfallen sei, deren mittelstes bloß die beiden Verse Wajhi binsoa enthalten habe, kann doch wie gesagt Niemand theilen; da indessen Megilla jer. 3, 1 zeigt, daß man zuweilen die ersten acht Kapitel des 3. Buches Mosis auf eine besondere Rolle schrieb, ebenso die ersten zehn Kapitel des 4. (bis Wajhi binsoa), wenn auch anscheinend nur für den Unterricht der Kinder, so ist mir doch wahrscheinlicher, daß in Folge dessen Manche das 3. und 4. Buch Mosis in je zwei Bücher theilten und von sieben Büchern Mosis sprachen: aus der Annahme, daß Wajhi binsoa und weiter ein Buch für sich sei, konnte der Irrthum hervorgehen, daß Wajhi

22) Esra mit Nechemja, die man einerseits beisammenließ, weil auch in letzterem Esra noch auftritt, und man ihre Abfassung Einem zuschrieb (Baba-batra 15, a dem Esra, dagegen Synedrin 93, b dem Nechemja), andererseits von der Chronik bei dem Exil abtrennte, womit auch die ersten Propheten abschließen. — Auch Meliton, der um 150 Bischof von Sardes war, scheint nach Eusebius hist. evang. 4, 26 22 Schriften des A. T. gezählt zu haben, wenn auch auf abweichende Weise und nach ib. 6, 25 berichtet noch Origenes, Hieronymus aber sogar noch im 4. Jahrhundert, daß die Juden 22 heilige Schriften zählten.

Gleichwohl zeigt die Boraita Baba-batra 14, b, daß man daneben auch 24 Bücher zählte, indem man Rut von den Richtern trennte und die Klagelieder für sich allein fortbestehen ließ. Zuweilen wollte man sogar, als sich noch 5 Finalbuchstaben herausgebildet hatten, 27 Bücher herausbringen, und zerlegte deshalb Schmuël, die Könige und die Chronik in zwei Bücher; schon Meliton kannte diese Zerlegung. — Zu erwähnen ist hier noch, daß man an eine Zerlegung der „ersten Propheten" wie an die der chronistischen Compilation wohl nur gegangen ist wie gesagt, um 22 oder 24 Bücher herauszubringen, mithin aber diese Zerlegung erst nach Aufnahme von Ester, Danijel und der Chronik in den Kanon erfolgt sein kann.

§ 9.

Auch ist hier Einiges über die Reihenfolge der einzelnen Bücher zu sagen. Nechemja stellte hinter das Buch „von den Königen" die Propheten und dann die Psalmen, vermuthlich weil über $\frac{7}{10}$ der „ersten Propheten" ältere Zeiten als die der 15 Propheten behandeln, diese aber ihrem Inhalte nach und vermöge einer II. 12 besprochenen Anschauung besser als die Psalmen sich den „ersten Propheten" anschlossen. Auch möchte schon von ihm es herrühren, zuerst die 3 großen Propheten und dann beisammen die 12 kleinen zu stellen, wenigstens werden schon Sir. 49, 8—10 „die zwölf Propheten" unmittelbar nach Jecheskel erwähnt. Auch ist wahrscheinlich wenigstens, daß er sowohl den 3 großen wie den 12 kleinen Propheten wird eine chronologische Folge gegeben haben. — Nicht ist aber zu ermitteln, in welcher Folge seine Sammlung später vermehrt wurde, da nachmals vielfältige Umstellungen stattfanden: bloß daß die poetischen Bücher früher als die geschichtlichen hinzukamen, wurde uns § 4 wahrscheinlich; und die Reihenfolge in der alexandrinischen Version erlaubt keinen Rückschluß auf die ältere judäische Sitte, denn wir werden hernach sehen, daß sie selber ziemlich jung ist, ebenso wenig die Reihenfolge in Jonatans Paraphrase, da sie gewiß ihre Uebereinstimmung mit unserer heutigen Reihenfolge erst hinterher erhalten hat. Schwerlich ist aus Luk. 4, 17 der Schluß erlaubt, daß zu Jesu Zeit Jeschaja die Propheten eröffnete, oder zu urgiren, daß Jadajim 3, 5 zweimal das hohe Lied vor Kohelet genannt ist.

Die älteste Angabe aber, wie die biblischen Schriften aufeinander folgen sollen, finden wir Baba-batra 14, b in einer Boraita. Zuerst sind dort als prophetische aufgezählt: Jehoschua, die Richter, Schmuël, die Könige, Jirmeja, Jecheskel, Jeschaja, die 12 kleinen Propheten; dann als Ketubim: Rut, die Psalmen, Ijob, die Sprüche, Kohelet, das hohe Lied, die Klagelieder, Danijel, Ester, Esra (mit Nechemja), die

Chronik. Der lb. von Späteren hinzugefügte Grund, weßhalb Jeschaja hinter Jecheskel stehen solle, kann Niemanden befriedigen; und wenn mein zuvoriger Schluß aus Sir. 49, 8—10 richtig war, so war auch das nicht Jeschaja's alte Stelle; eher könnte er Umstand, daß man nach Baba-batra 15, a die Könige von Jirmeja abgefaßt glaubte, die Stellung des Letzteren unmittelbar hinter ihnen verursacht haben: allein wahrscheinlicher ist mir, daß man die umfangsreicheren Bücher voranstellte, wie denn auch in der Mischna bekanntlich durchweg die umfangsreicheren Tractate vorangestellt sind, Jirmeja aber hat einen größeren Umfang als Jecheskel, dieser einen größeren als Jeschaja, und dieser wieder einen größeren als die 12 kleinen Propheten zusammen; wir werden dieselbe Rücksicht auf die Stellung einiger Ketubim influiren sehen. — Die Aufeinanderfolge der 12 kleinen Propheten ist in jener Boraita nicht angegeben, war aber in jener schon so späten Zeit, höchstens mit Ausnahme von Jona (vgl. § 4), wohl schon unsere heutige, denn auch die ךורית der LXX hat diese. Sie sollte wahrscheinlich eine chronologische sein, wenn es auch auffällt, daß Chabackuk vor Zefanja gestellt wurde, zumal da die Sage vorhanden war (vgl. früh. Gesch. 218), daß Jener in die Zeit des Exils hineinreichte; die Stellung des Obadja, der kein chronologisches Datum bot, hinter Amos rührt wohl daher, daß am Schlusse des Letzteren 9, 12 von Edom die Rede ist. — Rut aber war nicht lange wohl, nachdem man sich veranlaßt gesehen hatte, es von den Richtern zu trennen, zu den Hagiographen geworfen worden, vermuthlich weil es den geschichtlichen Zusammenhang unterbrach und eigentlich nur eine Familiengeschichte enthält; eine Degradation schloß diese Ausscheidung nicht nothwendig ein, weil die Ketubim Vielen für eben so heilig galten, wie II. 19 gezeigt wurde. Hiernach aber ist auch die Aufeinanderfolge der Hagiographen in jener Boraita im Allgemeinen eine chronologische: Rut stellte man, weil es die Richterzeit betraf, vor die Psalmen. Ijob sodann, als eine Schrift unbekannten Alters, könnte man an seinem früheren Platze gelassen haben, ebenso die Sprüche vor Kohelet, denn es ist wohl außer Zweifel, daß man jene früher als dieses aufgenommen haben müsse, welches vielleicht noch gar nicht geschrieben war, als die Sprüche in den Kanon kamen, und jedenfalls wegen seines verfänglichen Inhaltes einige Zeit beanstandet wurde. Andererseits aber hat es mehr gegen als für sich, daß man Ijob früher als die Sprüche aufgenommen haben werde, und die Stellung des hohen Liedes hinter Kohelet wird jetzt Niemand wie Raschi davon ableiten, daß Schlomo es erst in seinem Alter verfaßt habe, weshalb ich glaube, daß auch hier der Umfang über die Stellung entschied: jene Boraita ließ aufeinander folgen Ijob, die Sprüche, Kohelet, das hohe Lied, weil von diesen vieren stets das frühere größer als das folgende ist. Dann ließ sie chronologisch folgen die Klagelieder, Danijel, Ester (wegen Esr. 4, 6) und Esra (mit Nechemja); den beiden letzten hätte die Chronik vorangehen sollen, allein man gab ihr den letzten Platz wohl, weil sie den ungeheuren Zeitraum von Adam bis zum Ende des Exils zusammenfaßte und als eine Recapitulation fast der ganzen heiligen Sammlung gelten konnte. Die Aufeinanderfolge in jener Boraita wurde mithin nach zwei Hauptgesichtspunkten getroffen: sie sollte im Allgemeinen chronologisch sein, wo aber keine chronologischen Haltpunkte gegeben waren, sollten die umfangsreicheren Bücher vorangehen, und nur in sehr wenigen Fällen wurde ohne besagten Grund der letzteren oder einer anderweitigen Rücksicht gefolgt.

Daß in ihr 24 anstatt 22 Bücher figuriren, macht es mir wahrscheinlich, daß diese Zählungsweise und Stellung erst nach Josephus beliebt wurden.

Eine abweichende Folge der heiligen Schriften hatten diejenigen Juden, deren Kanon Hieronymus im prologo galeato mittheilt, nämlich nach dem Pentateuch Jehoschua, die Richter noch mit Rut, Schmuël, die Könige, Jeschaja, Jirmeja mit den Klageliedern, Jecheskel, die 12, dann die Hagiographen: Ijob, die Psalmen, die Sprüche, Kohelet, das hohe Lied, Danijel, die Chronik, Esra mit Nechemja, Ester. Offenbar sollte in diesem Kanon noch strenger die Chronologie berücksichtigt werden, daher erhielt Jeschaja den ihm gebührenden Platz, Ijob sollte die Hagiographen eröffnen, weil Manche dieses Buch dem Moscheh zuschrieben oder den Helden desselben so hoch hinaufrückten (vgl. Babá-batra 15, a und den Anhang in der alexandrinischen Uebersetzung), die Chronik kam naturgemäßer vor Esra, und Ester zuletzt, aus den nämlichen Gründen, welche nach II. 20 Josephus veranlaßt hatten, dieses Buch für das jüngste in der Bibel zu halten. — Wieder anders ist die Folge in der Massora, diese setzt nämlich nach der Tora die ersten Propheten, Jeschaja, Jirmeja, Jecheskel, die 12, sodann die Chronik, die Psalmen, Ijob, die Sprüche, Rut, das hohe Lied, Kohelet, die Klagelieder, „Achaschwerosch‟, Danijel, Esra: die Chronik sollte die Hagiographen eröffnen, vermuthlich weil sie mit Adam beginnt und dabei umfangreicher ist als jedes andere Hagiographon; dann als immer kleiner die Psalmen, Ijob und die Sprüche; aber nach diesen 3 großen Hagiographen die kleinen chronologisch, zuerst Rut, dann das hohe Lied und Kohelet, wahrscheinlich weil jenes als eine Jugendarbeit des Schlomo, dieses als eine Schrift des greisen Königs erschien, nun die Klagelieder, Ester aber vor Danijel, wohl weil Achaschwerosch für den Dan. 9, 1 erwähnten älteren gehalten wurde, zuletzt Esra (mit Nechemja). — Endlich unsere heutige Folge der heiligen Schriften gab wie die beiden zuletzt mitgetheilten Jeschaja den ihm gebührenden Platz, wies Ijob, weil seine Zeit unbekannt war, hinter die Sprüche, jedoch als umfangreiches Werk nicht hinter die kleinen Hagiographen, ließ sodann das hohe Lied, Rut, die Klagelieder, Kohelet und Ester folgen, weil sich inzwischen der Synagogengebrauch festgesetzt hatte, sie resp. an Peßach, Schabuot, dem 9. Ab, Sukkot und Purim zu lesen, hierauf Danijel und Esra, schließlich wie jene Boraita die Chronik. Daß wir jetzt von Esra Nechemja trennen, dürfte erst aus der Zeit christlicher Drucker herrühren, welche hierin der Vulgata und mittelbar der alexandrinischen Version folgten; daß Raschi diese Trennung noch nicht kannte, zeigen seine Worte zu Nech. 1, 1, und selbst in den Mikraot gedolot von Basel findet sie sich noch nicht.

§ 10.

Man hat auch von einem Kanon der Zedukim gesprochen, es fehlt aber an allen Andeutungen hiefür, ant. 18, 1, 4 und Synedrin 90, b enthalten solche nicht, auch gehen sie in der letzteren Stelle auf Beweise aus Jeschaja und dem hohen Liede ein, und unter den Büchern der Zedukim, welche man nach Synedrin 100, b nicht lesen sollte, sind Schriften von Zedukim oder überhaupt Solchen zu verstehen, welche nicht dem Pharisäismus huldigten; auch gaben die religiösen Ansichten der Zedukim gar nicht Anlaß zur Verwerfung von alten biblischen Schriften; bloß weil sie die Auferstehung läug-

eten und die spätere Entfaltung der Engellehre mißbilligten, mögen sie Danijel und
och entschiedener als die Peruschim diejenigen Apokryphen, in welchen hiervon vor-
am zurückgewiesen haben.

Die Hellenisten dagegen haben allerdings einen sehr abweichenden Kanon gehabt.
Gewissermaßen läßt sich schon hieherrechnen, daß alle biblischen Bücher in der alexandrinischen Version an unzähligen Stellen vom kanonischen Terte abweichen. Die eigentliche
Berschiedenheit dieses Kanons bestehet aber darin, daß man in ihn manche Schrift
aufnahm, welche der judäische nicht enthielt, und in einer durchgreifend anderen Folge
der Bücher. Die κοινή enthält nach dem Pentateuch Jehoschua, die Richter, Rut
besonders, 4 Bücher der Könige, indem die 2 ersten unserem Schmuël entsprechen,
Bücher der Chronik, Esra, Nechemja besonders, Ester, Jiob, die Psalmen, die Sprüche,
Kohelet, das hohe Lied, Jeschaja, Jirmeja, die Klagelieder besonders, Jecheskel, Danijel,
die 12 kleinen Propheten, dann ohne Angabe freilich, daß jetzt eine andere Klasse von
Schriften käme, aber doch beisammen, also gleichwohl als eine besondere Klasse die
von uns sogenannten Apokryphen. Daß diese Anordnung aber nicht alt ist, ersiehet
man sowohl aus der Stellung des Jiob vor den Psalmen und der eigentlichen Propheten hinter allen Hagiographen, während noch Philo II. 475 und selbst noch Lukas
4, 44 die Propheten vor den Hagiographen erwähnten und diese mit den Psalmen
eröffneten, als auch aus der Theilung von Schmuël, den Königen, der Chronik in je
zwei Bücher und der Absonderung des Esra von letzterer, um dieses Segment aber-
mals in zwei Bücher zu spalten; bloß die Zusammenfassung des Schmuël mit den Königen
unter dem Titel der letzteren bewahrt uns nach §§ 2 und 8 einen Rest alter Gewohnheit.
Die Anordner gaben die Eintheilung der nachmosaischen Schriften in Propheten und
Hagiographen mit einigem Rechte auf, nachdem die letztere Abtheilung durch Aufnahme
von Danijel, Ester, der Chronik (mit Esra) ihren abweichenden Charakter verloren
hatte, und ließen erstens auf die Könige passend die übrigen geschichtlichen Bücher
folgen, und zwar die Chronik zuerst, weil sie soweit reicht wie die Könige, dann Esra
und Nechemja, Ester aber zuletzt, weil sie vermuthlich den in ihm erwähnten „Artaxerxes" von dem in jenen erwähnten „Arthasastha" unterschieden und für jünger hiel-
ten; hierauf die poetischen Bücher, Jiob zuerst wegen seines vermeintlich hohen Alters,
dann nach den Psalmen die 3 „salomonischen" Schriften, je die größere voran; endlich die Propheten, zuerst die drei großen chronologisch, dann folgerecht Danijel, und
zuletzt die 12 kleinen Propheten in unserer Aufeinanderfolge. — Theilweise eine
andere ist die Folge in anderen Manuscripten und Editionen dieser Version. Die
Aldina hat Esra und Nechemja verbunden sowie nach Ester schon Tobija und Judit,
die Romana Pseudo-Esra vor Esra, der codex Alexandrinus Obadja nach Jona, der
Barberinus Micha gleich nach Amos, und die Ueberschriften in der κοινή zeigen, daß
man auch einst nach Hoschea Amos, Micha, Joël, Obadja, Jona folgen ließ.
Daß die Nachrichten der christlichen Kirchenväter von dem Kanon der Juden mehr mit
dem alexandrinischen als mit dem judäischen übereinstimmen, ist einfach daraus zu
erklären, daß die von ihnen befragten Juden zufällig den alexandrinischen Kanon
angenommen hatten.